3 4028 08661 1101
HARRIS COUNTY PUBLIC LIBRARY

W9-CHV-080

Sp Power
Power, Elizabeth (Romance fiction
writer
Escapada griega /

34028086611101
JC $4.99   ocn895013938
12/17/14

Elizabeth Power
Escapada griega

HARLEQUIN™

Editado por HARLEQUIN IBÉRICA, S.A.
Núñez de Balboa, 56
28001 Madrid

© 2013 Elizabeth Power
© 2014 Harlequin Ibérica, S.A.
Escapada griega, n.º 2319 - 2.7.14
Título original: A Greek Escape
Publicada originalmente por Mills & Boon®, Ltd., Londres.

Todos los derechos están reservados incluidos los de reproducción,
total o parcial. Esta edición ha sido publicada con autorización de
Harlequin Books S.A.
Esta es una obra de ficción. Nombres, caracteres, lugares, y situaciones
son producto de la imaginación del autor o son utilizados ficticiamente,
y cualquier parecido con personas, vivas o muertas, establecimientos
de negocios (comerciales), hechos o situaciones son pura coincidencia.
® Harlequin, Bianca y logotipo Harlequin son marcas registradas por
Harlequin Enterprises Limited.
® y ™ son marcas registradas por Harlequin Enterprises Limited y sus
filiales, utilizadas con licencia. Las marcas que lleven ® están
registradas en la Oficina Española de Patentes y Marcas y en otros
países.
Imagen de cubierta utilizada con permiso de Harlequin Enterprises
Limited. Todos los derechos están reservados.

I.S.B.N.: 978-84-687-4476-6
Depósito legal: M-9992-2014
Editor responsable: Luis Pugni
Impresión en Black print CPI (Barcelona)
Fecha impresion para Argentina: 29.12.14
Distribuidor exclusivo para España: LOGISTA
Distribuidor para México: CODIPLYRSA
Distribuidores para Argentina: interior, BERTRAN, S.A.C. Vélez
Sársfield, 1950. Cap. Fed./ Buenos Aires y Gran Buenos Aires,
VACCARO SÁNCHEZ y Cía, S.A.

Capítulo 1

¡AHÍ LO tienes! ¿A qué esperas? ¡Saca la foto! El disparador de la cámara se accionó un segundo antes de que el ave alzase el vuelo desde las rocas y se pusiese a planear sobre las aguas cristalinas.

Kayla Young se pasó la mano por su larga cabellera rubia y miró a su alrededor, temerosa de que alguien pudiera estar espiándola en aquella colina rocosa junto a la playa y la viera hablando sola.

Hacía un día espléndido y el cielo estaba limpio y azul.

Había ido a aquella isla griega paradisíaca con la intención de recuperarse de su desengaño amoroso. Su prometido la había dejado plantada. A esas horas, se estaría casando con otra mujer en Inglaterra.

Las heridas de la traición podían curarse, pero las cicatrices quedarían para siempre, se dijo ella, volviendo a mirar por el visor de su cámara réflex, el hermoso paisaje que se abría a su alrededor. Montañas azules, aguas transparentes...

Bajó la cámara un instante para contemplar la costa con sus propios ojos y entonces lo vio.

Tenía el pelo negro y ondulado, y llevaba una camiseta negra y unos vaqueros azul pálido. Estaba sacando una caña de pescar de la barca que acababa de dejar varada en la arena. Pudo ver sus brazos atléticos y su pecho ancho y musculoso, marcándose bajo la camiseta.

Había una camioneta aparcada en la carretera, justo encima de la roca donde ella estaba. Lo vio dirigirse hacia allí, acercándose a ella, pero no fue capaz de apartar los ojos de él.

Llevada por un extraño impulso, alzo la cámara y lo enfocó con el teleobjetivo para verlo mejor. Era alto y tenía unos rasgos fuertes y varoniles, propios de un hombre curtido por la vida. No debía de tener mucho más de treinta años, pero parecía muy seguro de sí mismo. Por la forma en que se movía, aparentaba ser un hombre arrogante y orgulloso.

Acercó el zoom para ver su cara con más detalle. Tenía la frente bronceada y las cejas espesas en forma de ala de cuervo. Y tenía ahora el ceño fruncido en un gesto de...

¡Santo cielo! ¡La estaba mirando! ¡La había visto apuntándolo con la cámara!

Se puso tan nerviosa que apretó accidentalmente el disparador de la cámara.

El hombre se dio cuenta de que le había sacado una foto y se dirigió hacia ella con paso resuelto y cara de pocos amigos.

Kayla echó a correr por la cuesta de manera inconsciente, presa de una extraña mezcla de miedo y atracción por aquel desconocido.

Aceleró el paso al ver que el hombre le iba ganando terreno, pero tropezó con una piedra y cayó al suelo. Al alzar la vista, vio al hombre junto a ella, dirigiéndole unas palabras en su idioma, ininteligibles para ella, pero que, por el tono, no debían de ser muy amables.

–No le entiendo –replicó ella con su reducido vocabulario griego.

El hombre puso una mano sobre su hombro desnudo.

Kayla lo miró fijamente. De cerca, era aún más atractivo de lo que se había imaginado. Tenía unos pómulos altos y bien definidos bajo su piel aceitunada, y unas pestañas negras como el ébano, que enmarcaban sus ojos color azabache.

–¿Se ha hecho daño? –preguntó él, ahora en inglés.

–No, pero podría habérmelo hecho –replicó ella en tono acusatorio, levantándose del suelo y sacudiéndose el polvo de los shorts.

–¿Qué se supone que estaba haciendo?

–Sacando unas fotos.

–¿A mí?

Kayla tragó saliva y lo miró cautelosamente con sus ojos azules.

–No, a un ave. Pero le saqué a usted una foto sin querer. Se me disparó la cámara...

–¿Sin querer? –exclamó él con un tono de incredulidad y una mirada hostil–. ¿Cuántas fotos me ha sacado?

–Solo una –admitió ella, aún jadeando por la carrera–. Ya se lo he dicho, fue sin querer.

–Está bien, señorita, la creo. Pero dígame, ¿quién es usted? ¿Qué está haciendo aquí?

–Nada... Quiero decir que estoy de vacaciones.

–¿Y suele emplear sus vacaciones en ir por ahí metiendo la nariz en la vida de los demás?

Kayla observó atemorizada la forma en la que aquel hombre la miraba con sus inquietantes ojos de ébano. Tal vez se tratara de un prófugo al que la policía estuviese buscando. Eso explicaría su enfado por haberle sacado la foto.

–¡No lo estaba espiando! Solo estaba... ¡Mi cámara! Se me ha debido de caer. ¿Dónde está?

Kayla miró angustiada a su alrededor y vio su cámara fotográfica entre unos matorrales. Corrió hacia allí, como si le fuera la vida en ello, pero el hombre llegó antes que ella.

–¡No le haga nada a mi cámara!

La tenía como un tesoro. Era un regalo que ella misma se había hecho para tratar de olvidar a Craig, después de descubrir que la estaba engañando con otra. Algunas mujeres se atiborraban de chocolate para consolarse. Ella había usado su cámara como terapia y había estado sacando fotos por todos los lugares por los que había pasado en los tres últimos meses.

–Tal vez debería quedármela –dijo él, mirándole los pechos con bastante descaro.

–Si eso le hace feliz...

Kayla sintió un extraño calor por todo el cuerpo al ver la forma en que la miraba. Después de todo, ella no sabía quién era, ni si la policía estaría buscándolo realmente.

Se hallaba en un lugar solitario. Aparte de unas cuantas casas de pescadores, no había el menor signo de civilización. El pueblo más cercano estaba a más de cinco kilómetros.

El hombre le ofreció la mano para ayudarle a subir la cuesta.

Le sorprendió aquel arranque de galantería, después de la hostilidad que le había demostrado. Era una mano fuerte y ligeramente callosa. Pensó que debía de tener un oficio manual.

Sintió el poder de su masculinidad y el magnetismo que parecía irradiar de él.

Tragó saliva y alzó la barbilla. Apenas le llegaba al hombro, pero no estaba dispuesta a dejarse intimidar.

—No le tengo miedo.

—No se molestará entonces si le digo que no me gusta que nadie se inmiscuya en mi vida privada. Si quiere seguir disfrutando de sus «vacaciones» –añadió él con un tono irónico, devolviéndole la cámara–, le aconsejo que se aparte de mi camino. ¿Le ha quedado claro?

—Le prometo que no volveré a molestarle ni a acercarme a usted.

—Muy bien.

Tragándose su indignación, Kayla se dio la vuelta y siguió caminando por el sendero sin volver la vista atrás ni una sola vez.

Al cabo de unos minutos, divisó la villa blanca y moderna donde estaba alojada. Luego, oyó el sonido lejano del motor de un vehículo arrancando y supuso que se trataría de la camioneta que había visto aparcada junto a la playa.

La villa era magnífica. Pertenecía a Lorna y Josh, unos amigos que se la habían dejado para que descansara allí un par de semanas.

Era toda diáfana, respondiendo al concepto abierto. Tenía las vigas del techo al descubierto sobre una galería desde la que se divisaba una vista espléndida de la isla.

Mientras se preparaba la cena en el microondas, Kayla siguió pensando en el encuentro tan desagradable que había tenido esa mañana. Apenas había visto a nadie desde que el taxista la había dejado allí el día anterior. Había sido verdadera mala suerte que la primera persona con la que se había encontrado hubiera resultado ser un tipo tan desagradable.

Trató de olvidarse del incidente y pensó entonces en Craig Lymington. Con qué facilidad se había dejado llevar por sus promesas cuando se comprometió a compartir su vida con ella.

«Te romperá el corazón. Recuerda lo que te digo», le había dicho su madre cuando Kayla, radiante de felicidad, le había contado que el ejecutivo más brillante de su compañía, Cartwright Consolidated, le había pedido que se casara con él.

Pero, una noche, a los dos meses de prometerse, vio aquellos mensajes en su teléfono móvil y se dio cuenta de que ella no era la única mujer a la que susurraba palabras de amor...

«Todos los hombres son iguales. Y los ejecutivos, los peores de todos», le había advertido su madre en más de una ocasión.

Pero Kayla no la había escuchado. Había pensado que decía esas cosas porque estaba amargada por sus propias experiencias del pasado. Su marido, el padre de Kayla, había sido también un ejecutivo y la había abandonado hacía quince años, cuando Kayla tenía solo ocho.

Tratando de olvidarlo y rehacer su vida, había dejado la empresa, pero su madre, al enterarse de que Craig iba a casarse con otra mujer, la martirizaba todos los días con su odiosa frase: «Ya te lo dije».

Así que, cuando Lorna la llamó para ofrecerle la posibilidad de refugiarse por un par de semanas en aquella isla griega paradisíaca, no lo dudó ni un instante. Podría ser el lugar ideal para recobrar su autoestima perdida.

Pero, ahora, mientras sacaba la lasaña del microondas, no era Craig Lymington quien ocupaba sus pensamientos, sino aquel hombre extraño y grosero con el que había tenido la desgracia de cruzarse esa mañana.

Leonidas Vassalio estaba arreglando la persiana de una de las ventanas de la planta baja.

Sus facciones parecían tan duras como las piedras con las que estaba construida su casa, y tan sombrías como los nubarrones que se agarraban a la montaña, presagiando una tormenta inminente.

Tenía que acometer importantes reparaciones en la casa si no quería que se cayese a trozos. El tejado de terracota estaba en muy mal estado y las paredes de la fachada estaban descascarilladas, especialmente alrededor de las puertas y las ventanas, donde casi no se veía el verde de la pintura.

Le costaba creer que aquella modesta granja, aislada del mundo y a la que solo se podía acceder a través de una carretera llena de curvas, pudiera haber sido su hogar. Sin embargo, aquella isla, con su costa rocosa, sus aguas azules y sus agrestes montañas, formaba parte de su ser.

Había empezado a llover. Unas gruesas gotas de agua le salpicaban la cara y el cuello mientras trabajaba y pensaba en lo que había llegado a convertirse.

Llevaba una vida que podría parecer envidiable vista desde fuera, pero estaba cansado de los aduladores, las mujeres frívolas y el acoso de los paparazzi. Esa joven que le había sacado un foto en la playa por la mañana, podría ser uno de ellos. Seguramente estaría dispuesta a venderla a buen precio.

Él siempre había tratado de preservar su vida privada. Cualquier persona podría reconocerlo fácilmente, desde que su nombre había salido a la luz pública tras su breve romance con Esmeralda Leigh.

De nada le había servido irse a Londres a dirigir una de las delegaciones de su empresa. Un abogado sin escrúpulos había incumplido su compromiso de confidencialidad, revelando a la prensa su identidad como presidente del Grupo Vassalio.

Leonidas pensó con amargura en las personas que habían sido víctimas de las especulaciones inmobiliarias de su empresa con el fin de beneficiarse de los terrenos de sus casas para levantar complejos residenciales de lujo y conseguir negocios de varios millones de libras con los que incrementar los activos cada vez mayores del Grupo Vassalio. Todos los afectados habían recibido al final una generosa compensación económica, pero la prensa sensacionalista solo había reseñado esa noticia de forma escueta en las últimas páginas.

Había tenido que escapar y olvidar su identidad por un tiempo: Leonidas Vassalio, el empresario audaz y multimillonario. Había tratado de rehacer su vida, volviendo a sus raíces y ocultándose en el anonimato. Pocas personas conocían su paradero, pero, ahora, aquella rubia entrometida podría divulgarlo, echándolo todo a perder.

Sin duda, le había engañado diciéndole que estaba de vacaciones sacando fotos de aves marinas. ¿Por qué si no le había sacado una foto? ¿Pensaría acaso que era un campesino yendo a trabajar a su granja y quería sacar una instantánea del sabor local de la isla? También podría ser que se hubiera sentido atraída por él. En otras circunstancias, eso era lo que habría pensado. Había observado que la chica no llevaba ningún anillo en el dedo.

Pero acostarse con una atractiva jovencita no estaba en su agenda.

Sabía muy bien el éxito que tenía con el sexo femenino. Nunca había conocido a una mujer que no hubiera estado dispuesta a irse con él a la cama, pero no quería complicarse más la vida en la situación en la que estaba.

La joven tendría que estar alojada en una de esas villas modernas que se habían construido últimamente en la ladera de la colina. Esa era la dirección que había tomado cuando había salido huyendo de él.

Se preguntó si habría alguien con ella, o si estaría sola. En todo caso, tendría que estar allí por alguna razón. Tal vez, para perturbar su paz y su soledad...

Molesto por esa idea, terminó su trabajo y entró en la casa para refugiarse de la lluvia.

Estaba dispuesto a dar una lección a esa jovencita para que no se le ocurriera nunca más entrometerse en su vida.

Capítulo 2

KAYLA había decidido ir al pueblo a por provisiones.

Estaba a solo unos cinco kilómetros de la villa y llegaría con el coche en pocos minutos. La tormenta de la noche anterior había originado un corte en el suministro eléctrico y el frigorífico parecía haberse averiado.

Detuvo el coche en el arcén de la carretera para consultar el mapa. Debía de haber confundido las indicaciones del GPS que la había guiado y no sabía dónde se hallaba.

Sin embargo, al intentar reincorporarse a la carretera, comprobó con estupor que el pequeño utilitario, que sus amigos le habían prestado para desplazarse por la isla, se negaba a arrancar.

Se echó hacia atrás en el asiento, desolada. Estaba atrapada sin saber qué hacer.

Recordó que Lorna le había dado el nombre de una persona que hablaba inglés correctamente, a la que podría recurrir en caso de emergencia. Buscó el número de teléfono en la guantera. Pero, cuando sacó el móvil del bolso y marcó el número, descubrió que no tenía señal.

Dejó el móvil en el asiento del acompañante y miró el panorama que tenía alrededor: el mar, las montañas,

el bosque de pinos y la ladera pedregosa que flan-
queaba la carretera.

Bajó la ventanilla y escuchó el soplo del viento y
el canto monótono de los grillos, acentuando su sensación de soledad.

Con el sol cayendo implacable sobre ella, el móvil
inservible y el coche averiado, miró hacia la playa y
reconoció las rocas en las que había estado la mañana
anterior y donde se había encontrado a aquel hombre
misterioso. Bajo el cielo azul, especialmente limpio
tras la lluvia de la noche anterior, podía divisarse una
pequeña isla en la distancia.

Contempló con nostalgia lo que parecía una granja
abandonada. Tenía un tejado, que debía de haber visto
días mejores, asomando por encima de los árboles al
final de la carretera.

Tal vez pudiera hacer una llamada desde allí.

Armándose de valor, salió del coche, tomó su pre-
ciada cámara y se dirigió con paso rápido hacia la
granja.

Se sobresaltó al reconocer la camioneta amarilla
que había aparcada frente a la entrada. Era, sin duda,
la de aquel hombre de pelo negro salvaje, ojos negros
salvajes y expresión salvaje.

¡Oh, no!

Vio al griego mirándola con cara de pocos amigos
desde el otro lado de la casa.

Pensó que lo mejor sería salir corriendo, pero se
sintió paralizada por el magnetismo y virilidad que
irradiaba aquel hombre.

Llevaba unos pantalones vaqueros rotos y un pequeño chaleco de cuero marrón oscuro que dejaba al
descubierto su pecho y sus brazos musculosos.

–Pensé que le había dejado bien claro que se mantuviese alejada de mí –exclamó él muy enfadado, acercándose a ella con paso decidido–. ¿Qué quiere ahora? ¿No sacó ya bastantes fotos ayer? –añadió, mirando con el ceño fruncido la cámara que llevaba colgada del cuello.

–Yo... solo quería usar su teléfono para...

–¿Mi teléfono?

Kayla sintió un hormigueo por todo el cuerpo al observar la mirada incisiva del hombre. Se sentía vulnerable con su camiseta y sus shorts frente a la poderosa masculinidad de aquel desconocido.

Trató de no dejarse amilanar por la hostilidad con que la miraba. Parecía como si, en vez de querer hablar por teléfono, le hubiera solicitado una hipoteca para comprar la isla de Creta.

–¿No tiene teléfono? Necesito hacer una llamada... El coche... se me ha averiado.

–¿En serio? ¿Y cuál es el problema?

Ella observó sus ojos increíblemente oscuros, bajo sus espesas pestañas. Su nariz era altiva. Sus pómulos, altos y marcados. Sus labios, firmes y bien delineados. Sus mejillas sombrías y sin afeitar le daban un aspecto aún más varonil. Y qué decir de su cuerpo...

Nunca se había sentido tan cautivada por la sensualidad de un hombre. Ni siquiera por Craig. Pero él le había hecho una pregunta y ella, en lugar de responderle, estaba ensimismada tratando de imaginarse lo espectacular que estaría desnudo.

–No funciona –dijo ella finalmente, tratando de disimular su desazón.

–¿No marcha bien? ¿O no arranca?

–¿No es lo mismo? –respondió ella, con fingida ingenuidad, deseando prolongar la conversación.

–¿Se pone en marcha el motor de arranque cuando gira la llave de encendido?

–No. No se oye nada. Si pudiera dejarme usar su móvil... en caso de que haya aquí cobertura... O si tiene un teléfono fijo...

Kayla echó un vistazo rápido a la casa y tuvo la impresión de que se hallaba en un lugar perteneciente a una época muy anterior a la de la invención del teléfono.

–Hoy es domingo –replicó él de forma sucinta–. ¿A quién va a llamar?

–Al taller más cercano.

–Dígame dónde ha dejado el coche –dijo él, acercándose un poco más a ella.

Kayla se quedó sorprendida por su ofrecimiento.

Se dirigieron hacia allí. Ella tuvo que ir casi corriendo para poder seguir sus pasos.

Al llegar a la carretera, Kayla le dio las llaves y vio cómo él abría la puerta del conductor y se inclinaba hacia adentro para introducir la llave de contacto.

El vehículo arrancó a la primera.

–No lo entiendo. Lo estuve intentando varias veces –exclamó ella, mirando al hombre que tenía ahora frente a ella, observándola con un gesto de altivez y prepotencia.

De buena gana le hubiera dado una patada. A él o al coche. O, tal vez, a ambos.

Él se inclinó de nuevo dentro del coche, apagó el motor y le devolvió la llave.

–¿Por qué no prueba de nuevo?

Ella se sentó al volante, sosteniendo su mirada desafiante, casi deseando que el vehículo se negase a arrancar. Si no, quedaría en ridículo y su credibilidad por los suelos.

Pero arrancó sin ningún problema.

Se dejó caer sobre el reposacabezas y cerró los ojos con una mezcla de alivio y frustración.

—Ya lo ve —dijo él con ironía—. Todo es muy sencillo cuando se sabe.

—No consigo entenderlo. Pero, si cree que me he inventado todo por alguna razón, está muy equivocado. Tengo cosas más importantes que hacer en la vida. Máxime ahora que mi teléfono móvil no funciona, el GPS del coche se ha vuelto loco, el frigorífico de Lorna se ha estropeado y toda la comida que había comprado se ha echado a perder. Y, por si fuera poco, viene usted ahora a acusarme de mentirosa. ¡Lo que me faltaba! Puedo asegurarle, señor...

—Leon.

—¿Cómo?

—Me llamo Leon. ¿Quién es esa tal Lorna que acaba de mencionar? ¿Su compañera de viaje?

—No. He venido sola —dijo ella sin pensarlo—. Lorna es la propietaria de la villa donde me alojo.

—¿Y dice que el frigorífico se le ha estropeado también?

—Efectivamente —respondió ella, viendo la cara de incredulidad con que la miraba.

¿Sería capaz de tomar la camioneta e ir a la villa a comprobar si no le estaba mintiendo en eso también?

—¿Ha comido?

—¿Qué?

—Comprendo que siendo griego y usted inglesa

tengamos ciertas dificultades para entendernos –dijo él, apoyando la mano en el techo del vehículo e inclinándose hacia ella–. Pero creo que lo he dicho bien claro. ¿Ha comido ya?

–No.

–Entonces, acérquese con el coche a mi casa. Yo iré andando.

¿Le estaba ofreciendo su hospitalidad? No podía creerlo. Era un hombre antipático y, además, un perfecto desconocido.

Aunque increíblemente atractivo.

Un impulso irracional le llevaba a querer saber más de él. Además, no tenía nada para comer y su invitación podría sacarla del apuro.

Al llegar a la casa, Kayla se bajó del coche y metió la cámara en el maletero, pensando que sería el mejor sitio para que no le diera el sol y que él no pudiera verla, habida cuenta de lo que parecía molestarle.

Leon estaba esperándola en la entrada de la casa.

–Por la parte de atrás –dijo él, acompañando sus palabras con un movimiento de la barbilla y esperando a que ella pasase delante de él.

Era un pequeño detalle de cortesía realmente inesperado, pensó ella mientras daba la vuelta por los intrincados vericuetos de aquella destartalada granja.

«No hables con ningún extraño. No aceptes nunca caramelos de un desconocido».

Kayla se preguntó si lo que estaba haciendo no sería desobedecer los consejos que sus padres le habían dado de pequeña. A su madre, le habría dado un ataque si la hubiera visto ahora entrando en la casa con ese hombre.

–¿No piensa decirme nada de usted? –preguntó Leon.

–¿Qué quiere saber?

–Para empezar, podría decirme su nombre. Yo ya le he dicho el mío.

Habían llegado a la parte trasera de la casa. Había una especie de terraza que daba a un jardín con una vegetación exuberante.

–Me llamo Kayla.

–¿Kayla?

A pesar de su hostilidad, la forma en que él repitió su nombre le pareció tan cálida como el viento proveniente del Jónico que rizaba las hierbas de la áridas colinas.

–Ven –dijo él, señalando un banco rústico bajo una parra.

Había unos troncos de leña ardiendo dentro de un círculo de ladrillos, sobre el que había una parrilla con unos pescados frescos cuyas escamas brillaban como láminas de plata bajo el sol de las últimas horas de la mañana.

–¿Los has pescado tú mismo?

–Sí, hace cosa de una hora. ¿Hay algún problema? No serás vegetariana, por casualidad, ¿no?

–No.

–Entonces siéntate –dijo él con voz de mando, entrando dentro.

Kayla se quedo sola, contemplando la casa. Estaba muy descuidada. La hiedra trepaba de forma salvaje por los muros como si la fachada fuera una continuación de la ladera de la colina que ascendía desde el jardín. Se preguntó si sería un refugio que él había encontrado para esconderse de alguien.

Apartó la mirada al verlo salir por la puerta con una bandeja pintada a mano, llena de platos y cubiertos, y de varios tipos diferentes de pan.

–¿No te apetece nada? –dijo él al ver que seguía de pie en el mismo sitio que la había dejado.

–No –respondió ella, sentándose en el banco mientras él colocaba los platos y los cubiertos sobre una pequeña mesa de hierro forjado, ya algo oxidada–. Permíteme hacerte una pregunta. ¿Por qué me has invitado a comer si deseas estar solo?

–Buena pregunta –respondió él sin mirarla, sirviéndose una rodaja de pescado–. Tal vez para tenerte más controlada.

–¿Por qué? –replicó ella, mirándolo fijamente con unos ojos tan vívidos como la flor del aciano–. ¿Tienes algo que ocultar?

–Todo el mundo tiene algo que ocultar, ¿no crees? En todo caso, el hecho de que me guste preservar mi intimidad no significa necesariamente que me esté escondiendo de nadie.

–No –respondió ella, apartándose un mechón de pelo de la cara y preguntándose por qué razón se dejaba convencer tan fácilmente por aquel hombre.

Leonidas la miró con sus ojos tan negros como la noche y luego volvió a entrar en la casa.

–¿Qué me dices de ti? –preguntó él, segundos después, saliendo por la puerta con un par de vasos.

–¿Qué quieres saber? –replicó ella, sintiendo la boca seca al observar la poderosa musculatura de sus piernas al acuclillarse junto al fuego.

–Me has dicho que estás aquí sola. Eso solo puede significar dos cosas: que estás huyendo o que vas buscando algo.

Kayla vio cómo le servía una rodaja de pescado en uno de los platos de barro y luego se echaba otra ración para él. Después puso un cesto de fruta y otro de pan sobre la mesa.

–¿Algo como qué?

–No sé. Tal vez una aventura –respondió él, encogiéndose de hombros–. ¿A qué te dedicas?

Ella lo miró desconcertada. Sin duda, era un hombre muy perspicaz. Bajo su aspecto salvaje, se ocultaba una mente inteligente con un conocimiento profundo de la naturaleza humana.

Sin embargo, no estaba dispuesta a confesarle que ella también estaba huyendo. No iba a explicarle las razones de la ruptura de su compromiso a un hombre al que acababa de conocer.

Kayla miró su plato. El pescado tenía un aspecto delicioso.

–He estado haciendo algunos trabajos temporales desde que dejé mi empleo en el que llevaba más de cinco años. Pensé que sería una buena idea pasar unos días en un sitio tranquilo para reflexionar sobre mi futuro.

–¿Quieres decir que eres...? ¿Cómo se llama esa gente que trabaja por su cuenta? –exclamó él, fingiendo buscar la palabra–. ¿*Freelance*? ¿Autónomo?

–Algo parecido.

Lorna y su marido Josh la habían contratado en su empresa después de que la responsable de contabilidad se despidiera de repente para irse con un hombre que había conocido por Internet.

Leonidas la miró un instante y luego se dirigió a un viejo tronco desmochado sobre el que había una gran tinaja de cerámica. La agarró del asa y se la echó al hombro como si fuera uno de esos guerreros medievales festejando una victoria.

Sí, podría ser un cazador, pensó Kayla. Tenía el aspecto de aquellos soldados griegos que luchaban con bravura para preservar sus tierras de las invasiones romanas.

—Es casero y sin alcohol. Pruébalo —dijo él, sirviéndole en el vaso un poco de vino de la tinaja—. ¿Qué tipo de trabajo hacías?

Ella probó el vino. Tenía un sabor ácido pero refrescante. Sabía a lima y a otros zumos cítricos. Y debía de estar mezclado con alguna bebida gaseosa.

—Contabilidad —respondió ella—. ¿Te sorprende? —añadió al ver su amago de sonrisa.

Él habría jurado que ella tenía de contable lo que él de cantante rock. Seguramente, le estaba mintiendo de nuevo.

—No tienes aspecto de contable —replicó él, mirándola de arriba abajo sin el menor recato.

Tenía un pelo rubio maravilloso y unas facciones muy atractivas. Un elegante cuello de cisne y una figura menuda pero encantadora. Estaba empezando a sentirse cautivado por su belleza.

—¿Y qué aspecto se supone que tiene una contable? —preguntó ella con la voz temblorosa al sentir el ardor de su mirada por su cuerpo y sus piernas desnudas.

—Desde luego, nunca la habría asociado con una chica rubia, atractiva y con tendencia a inmiscuirse en la vida de los demás.

Ella se echó a reír nerviosamente por la parte del cumplido y comenzó a sentir un calor interior que nada tenía que ver con la comida, ni con la bebida, ni con la brisa cálida del mar que parecía suspirar por entre las hojas plateadas del viejo olivo que había en un extremo del jardín.

–¿Y tú? –preguntó ella para disimular su desazón–. Este lugar tiene aspecto de estar abandonado. ¿Cuánto tiempo llevas viviendo aquí? Si es que vives aquí realmente.

Kayla alzó la vista y observó la casa. Se hallaba en un estado deplorable de conservación, aunque una de sus alas parecía haber sido reformada recientemente.

–Sí, de momento sí... Pensé que podría ser un lugar tan bueno como cualquier otro para... retirarme por un tiempo.

–¿Quieres decir que eres una especie de vagabundo?

Leonidas se echó a reír, mostrando sus dientes inmaculadamente blancos y sanos.

Miró a Kayla con suspicacia, preguntándose hasta dónde estaría dispuesta a seguir con su farsa. El día anterior, la había sorprendido sacándole una foto y esa misma mañana parecía haber vuelto a la carga con el estúpido pretexto de que se le había estropeado el coche, el frigorífico y el teléfono móvil, todo a la vez. Pero él no se dejaba engañar fácilmente. Tenía todo el aspecto de una reportera a la caza de una exclusiva, aunque representaba muy bien su papel de chica desvalida. Podría haber sido, sin duda, una gran actriz.

–Yo prefiero llamarlo una opción de vida.

–Pero.... ¿trabajas?

–Cuando lo necesito –respondió él, pensando en la ironía que se ocultaba bajo ese eufemismo.

—¿Pero a qué te dedicas?

—A la construcción.

—¡Un albañil! —exclamó Kayla, orgullosa de haber acertado que debía tener un oficio manual.

—Más o menos —replicó él con una sonrisa, dispuesto a seguirle el juego.

Sin embargo, luego lo pensó mejor y decidió que ya estaba harto de aquella farsa.

Dejó el plato, se levantó de la mesa, metió las manos en los bolsillos y se dirigió a ella con un gesto duro e intimidatorio.

—Está bien, Kayla. Esto ha ido demasiado lejos.

—¿Qué?

—Deja ya de fingir. La comedia ha terminado.

—¿A qué comedia te refieres? No comprendo...

—No, ¿verdad? ¿Crees que no me he dado cuenta de tu juego? ¿Crees que no sé por qué estás aquí?

—No —respondió ella, poniéndose de pie con un gesto de indignación—. Es evidente que me has debido de confundir con otra persona. No sé quién te crees que soy, pero no soy, desde luego, la persona que esperabas.

—No estaba esperando a nadie, y menos aún a otra mujer ambiciosa y sin escrúpulos dispuesta a sacarme la sangre. ¿Piensas ponerme tú también una demanda?

—¡No sé de qué me estás hablando, ni de quién estás huyendo, pero te agradecería que no me mezclaras en tus problemas!

Kayla se dio la vuelta y se marchó de allí sin esperar su respuesta.

Capítulo 3

UN GOLPE la despertó.

¿Habría sido la lluvia o un trueno?, se preguntó Kayla, saltando asustada de la cama.

Hacía poco que la tormenta había empezado, pero había estado dando vueltas en la cama varias horas, sin poder conciliar el sueño.

Ahora, mientras abría la puerta del dormitorio, los truenos rugían ferozmente.

En la oscuridad, pudo ver el fulgor de un relámpago dibujando formas caprichosas e inquietantes sobre el techo abuhardillado de la habitación. A través de una grieta, entraba el viento y la lluvia.

Se estremeció al oír un trueno tremendo. Los cimientos mismos de la casa parecieron tambalearse.

Buscó a tientas el interruptor de la luz. Afortunadamente, no habían cortado la electricidad. Sobre una silla, estaban sus pantalones vaqueros y la blusa. Se los puso encima del pijama y luego sacó del bolso la pequeña linterna que llevaba siempre en el llavero.

Se asomó a la ventana y vio un espectáculo estremecedor. Había multitud de ramas y escombros junto a un árbol caído. Era como si se hubiera producido un auténtico cataclismo, pensó ella, mientras lanzaba un grito de terror al ver otro gran relámpago quebrando el cielo oscuro de la noche.

Oyó entonces otro sonido muy fuerte. Era como si alguien estuviese dando golpes en la puerta.

–¡Kayla! ¿Kayla? ¡Respóndeme! ¿Estás ahí? ¿Estás bien?

Abrió la puerta y vio, con lágrimas de alivio, la imponente figura de Leon. Tenía la cara empapada por la lluvia y le corrían verdaderos riachuelos de agua por el cuello.

Tuvo que hacer un gran esfuerzo para no echarse en sus brazos, mientras él le gritaba algo en griego que ella no logro entender.

–¡Rápido! ¡Sal de aquí! –exclamó él ahora en inglés–. Ha habido un corrimiento de tierras en la montaña. No estás segura en esta casa. No puedes permanecer aquí un segundo más. Deja tus cosas, ya volveremos mañana a por ellas. ¡Ven conmigo!

Kayla se quedó como petrificada al oír el sonido de la madera desgarrándose en algún lugar próximo de la colina. Solo la consolaba sentirse ahora segura al lado de Leon, que la llevaba agarrada del brazo en dirección a la camioneta.

La ayudó a entrar en el asiento del acompañante. Luego, él se sentó al volante y puso el vehículo en marcha.

–¡Gracias! No sabía lo que estaba pasando –dijo ella, echándose hacia atrás en el asiento–. Me desperté y pensé que había llegado el fin del mundo.

–Podría haberlo sido para ti, si ese árbol te hubiera caído encima.

–¿Qué ocurrió? –preguntó ella, desconcertada–. ¿Pasabas por aquí por casualidad?

–Algo así –respondió él, sin despegar la vista de las sinuosas curvas de la carretera.

Las escobillas del limpiaparabrisas apenas eran capaces de apartar la lluvia torrencial que empañaba los cristales.

Kayla miró el reloj del salpicadero. Era la una y media de la noche.

¿Estaría él por allí a esas horas tan intempestivas o estaría en la cama y habría ido a rescatarla a pesar del riesgo que podría suponer para él?

–¿Por qué estás haciendo esto si crees que soy alguien que ha venido a crearte problemas?

–¿Qué querías que hiciera? ¿Dejarte ahí sepultada entre las aguas? ¿O algo peor?

Kayla se estremeció al pensar en lo que podría significar eso de «algo peor».

–¿Pasa esto muy a menudo por aquí? ¿Cómo es posible que ese árbol fuese a caer justo dentro de la villa?

–Es bastante habitual en primavera. Pero no te preocupes. Iremos a ver los desperfectos por la mañana.

–Mis cosas y todo el mobiliario deben de haberse echado a perder.

–Es lo más probable –contestó él, reduciendo la velocidad al entrar en una curva muy cerrada–, con ese agujero que hay en el tejado.

A Kayla, no le hizo ninguna gracia el comentario. No había nada divertido en los estragos que la tormenta podía haber causado en la casa que sus amigos habían adquirido con tanto esfuerzo.

–¿Qué voy a decirle ahora a Lorna? Josh y ella ya

han tenido bastante problemas como para... ¡Oh, Dios mío! –exclamó ella, dándose cuenta de repente de su angustiosa situación–. ¿Dónde diablos voy a pasar la noche? ¿Y mañana? ¿Y todos los días que me quedan?

–No te preocupes, esta noche te quedarás conmigo. Mañana, cuando hayas llamado a tu amiga para contarle lo que ha pasado, ya pensaremos algo.

Kayla sintió una extraña mezcla de sentimientos. Por un lado, le asustaba la idea de pasar la noche bajo su mismo techo. Pero, por otro, se sentía aliviada de tener su protección.

Además estaba en deuda con él.

–¿Algo? ¿Como qué?

–Hay tres hoteles en la isla. Uno de ellos está cerrado por reformas –dijo Leon–. Pero, dado que estamos ahora en temporada baja, estoy seguro de que habrá alguna habitación libre en alguno de los otros dos.

–No puedo quedarme contigo esta noche. No quiero ser un estorbo para ti. Tú mismo dijiste que querías estar solo.

–Pues, desde que llegaste, has hecho todo lo contrario –dijo él secamente–. ¿Por qué quieres ahora romper la tradición?

–Lo siento. No debes sentirte obligado a hacer esto por mí.

–¿Qué prefieres entonces? ¿Que te deje en medio de la tormenta? –exclamó él con una sonrisa al ver su cara de angustia–. Tranquila. Vendrás conmigo. No hay nada más que hablar. ¿Entendido?

Kayla asintió con la cabeza.

Leon tomó una desviación y se dirigió hacia la granja.

Cuando entraron en la casa, la llevó hacia la única parte que parecía limpia y ordenada. Estaba muy bien amueblada, a pesar de que la mayor parte de los muebles parecían algo antiguos y desgastados. Había unos tapices algo raídos y descoloridos. Sin embargo, las paredes blancas y los suelos de piedra le daban al conjunto un encanto rústico muy especial que le hacía más confortable de lo que ella podía haber imaginado desde fuera.

—No me hace muy feliz esta situación.

—Me temo que no tienes otra elección —replicó él, sacando unas toallas y unas sábanas limpias del armario—. No pienso ponerme a buscarte un hotel en medio de esta tormenta. Además, no creo que fueras bien recibida en ninguno a estas horas de la noche. Si te sirve de algo, te diré que no soy ningún delincuente. No he cometido ningún delito, salvo alguna infracción de tráfico que la policía me haya podido poner últimamente.

Kayla sonrió y se relajó un poco, tal como él había pretendido.

Leon le enseñó su habitación en el piso de arriba. Era algo rústica, pero funcional. Las paredes necesitaban con urgencia una mano de pintura. Una cama grande de madera ocupaba un lugar de honor en mitad de la habitación.

Kayla dedujo, por una serie de detalles masculinos, que debía de ser el cuarto que él había estado usando hasta ahora.

—No es la habitación de un hotel de cinco estrellas,

pero es caliente y seca. Y las sábanas están limpias. Si te soy sincero, he estado echado en la cama esta noche, pero solo media hora y con la cabeza hacia un lado.

Eso significaba que estaba durmiendo cuando empezó la tormenta y que se había levantado ex profeso para ir en su ayuda, pensó ella.

Quiso darle las gracias, pero, recordando la hostilidad que le había demostrado hasta entonces, prefirió quedarse callada.

–¿Y qué vas a hacer tú? –preguntó ella, y luego añadió con gesto preocupado, pensando que él pudiera haber interpretado mal sus palabras–: Quería decir que dónde vas a dormir.

–No te preocupes por mí. Hay un sofá en el cuarto de estar.

–No sé... Me sabe mal que tengas que dormir ahí por mi culpa. Te agradezco que...

Un fulgor repentino, acompañado por un estruendo ensordecedor, cortó sus palabras.

Kayla soltó un grito de sorpresa.

–No tengas miedo –dijo él con voz suave mientras el sonido del trueno seguía reverberando por las paredes–. Esta casa ha visto sin duda días mejores, pero puedo asegurarte que tiene un tejado a prueba de bombas. No nos va a caer ningún árbol encima. Te lo prometo.

Tratando de transmitirle seguridad, Leon le puso las manos en los hombros.

Ella, sorprendida por su repentino cambio de actitud, se estremeció al sentir el calor de sus dedos.

–Estoy bien –dijo ella, dando un paso atrás.

–Sí ya lo veo. Pero quítate esa ropa mojada antes

de acostarte. Que pases una buena noche –dijo él desde la puerta.

Cuando Leon salió del cuarto, ella se quitó la ropa y se metió en la cama.

Miró al techo, preguntándose qué estaba haciendo allí. No podía apartar su pensamiento del hombre que había estado echado en esa misma cama una hora antes.

¿Habría estado desnudo justo donde ella estaba ahora?

Sintió un ligero cosquilleo al percibir un leve perfume masculino con esencia de gel de baño bajo el aroma de las sábanas.

Fue lo último que sintió antes de dormirse.

Cuando abrió los ojos de nuevo, comprobó que el viento y la lluvia habían cesado y un rayo de luz se filtraba en la habitación a través de las persianas.

Se bajó de la cama, abrió la ventana y subió la persiana para sentir el calor del sol sobre su cuerpo semidesnudo y admirar el azul radiante del cielo.

Desde allí, podía verse el jardín de la casa.

La camioneta seguía en el mismo sitio donde él la había dejado.

–Vaya. Veo que estás ya despierta –dijo desde abajo una voz profunda que empezaba a resultarle ya familiar.

Kayla comprendió que, mientras ella había estado mirando por la ventana, Leon debía de haber estado debajo de la camioneta arreglando algo.

Le saludó con la mano sin saber qué hacer, embriagada por el poderoso magnetismo de su masculinidad.

Con su pelo negro y salvaje como el de un gitano, el chaleco negro y los pantalones vaqueros rotos, tenía todo el aire de un hombre libre, exento de convencionalismos. Independiente y seguro de sí mismo.

Y ese hombre la estaba mirando ahora con un brillo en los ojos que le hacía sentir, sin saber por qué, un extraña desazón en la boca del estómago.

Se dio cuenta entonces de que no llevaba puesto más que su vaporoso pijama de encaje, color café con leche. Se apartó enseguida de la ventana y bajó las persianas.

El cuarto de baño, tal como ya había observado por la noche, estaba muy limpio y tenía de todo. En algún momento de la mañana, él debía de haber dejado un cepillo de dientes nuevo y dos toallas de color rojo burdeos perfectamente dobladas en el toallero.

Afortunadamente, en su salida precipitada de la villa, había llevado consigo el bolso donde guardaba el cepillo del pelo y el estuche de maquillaje que había comprado antes de salir de Londres. Aunque no era muy dada a maquillarse, se sentía desnuda sin él.

Leon estaba en el cuarto de estar, colocando unas cosas en un cajón, cuando Kayla bajó con energías renovadas sin recordar para nada la amarga experiencia vivida la noche anterior.

Miró a Leon desde la puerta. Estaba impresionante. El chaleco negro resaltaba la musculatura de su torso, dejando ver unos brazos que parecían esculpidos por la mano de un artista. Su pelo negro y su piel aceitunada brillaban como si fueran de acero revestido de satén.

Se congratuló de haberse maquillado un poco y haberse cepillado el pelo, primero hacia adelante y luego hacia atrás, como solía hacer siempre.

Así podría aspirar a estar a su altura.

–He estado tratando de llamar a Lorna, pero parece como si no hubiera señal –dijo ella nada más entrar, esperando que él no se hubiera dado cuenta de la forma en que se lo había estado comiendo con los ojos–. ¿Podría usar tu teléfono fijo?

–Naturalmente que podrías... si lo tuviera –replicó él, sacando su propio móvil del bolsillo y dándoselo a ella en la mano.

Ella volvió a sentir, al contacto con su piel, las mismas sensaciones que la noche anterior cuando la había agarrado del brazo para sacarla de la casa y subirla en la camioneta.

–Tendré que pasarme por la villa para recoger mis cosas –dijo ella, tratando de disimular lo afectada que se sentía ante su presencia–. ¿Podrías decirme dónde está el hotel más cercano?

–Cada cosa a su tiempo. No se puede hacer ningún plan con el estómago vacío.

–¿Es esa tu filosofía de vida? –dijo ella, tratando de parecer ingeniosa, pero traicionándole el temblor de su voz.

–Una de ellas –respondió él con una leve sonrisa.

Ella se preguntó cuáles podrían ser las otras, pero prefirió no preguntárselo. Se había mostrado muy generoso y hospitalario con ella y no quería entrometerse más en su vida.

Consiguió hablar finalmente con Lorna. Le contó lo de la tormenta y lo del árbol que había ido a caer en el jardín de la villa. Pero prefirió eludir los detalles más dramáticos para no angustiarla. Josh y Lorna llevaban intentando tener un bebé desde hace bastante tiempo, y Lorna había tenido dos abortos involuntarios en los últimos dos años. Ahora estaba en el segundo trimestre de un nuevo embarazo y todo parecía ir bien. Por eso, Kayla no quería causarle ningún tipo de estrés.

—No he tenido ocasión de ver a la luz del día cómo ha quedado la casa, pero iremos a evaluar los daños después del desayuno —dijo Kayla cuando terminó de contarle todo.

—¿Iremos? —preguntó Lorna con voz de sorpresa.

—Sí. Una persona de una granja vecina me ayudó a salir anoche de la villa y me ha acogido en su casa —respondió ella, tratando de no mentir, pero procurando ser lo más ambigua posible.

—Me alegro de que halla alguien más por allí —dijo Lorna—. No quiero ni pensar lo que podría haberte pasado si no.

Kayla vio cómo Leon salía discretamente del cuarto de estar, mientras Lorna le contaba lo que pensaba hacer sobre el caso.

Cuando se despidió de su amiga, Kayla fue a buscar a Leon.

Lo encontró en la cocina. Era la pieza que reflejaba la antigüedad de la casa de manera más patente. No obstante, tenía dos ventanas con unas vistas espléndidas al mar y otras dos en la pared opuesta que daban a la terraza y al jardín.

Había una estufa y un fogón de leña sobre el que Leon estaba preparando algo en una sartén.

–Los padres de Lorna van a venir a resolver los desperfectos que se hayan podido producir en la villa. Lorna y Josh tienen su propio negocio y no disponen de mucho tiempo libre –dijo Kayla, devolviendo el móvil a Leon.

En eso no se parecían a él, pensó ella, dando por hecho que Leon debía de ser un hombre sin ninguna responsabilidad.

–¿Siempre has sido tan independiente? –preguntó Kayla, viendo cómo cortaba un melón y colocaba luego unas rodajas de piña fresca en un plato sobre la mesa.

–Me gustaría pensar que sí. Siempre he creído que, cuando uno quiere algo bien hecho, la forma más segura de conseguirlo es haciéndolo uno mismo.

–¿Es esa otra de tus filosofías? –dijo ella, apoyando la mano en el respaldo de una silla e inclinando luego la cabeza hacia un lado a la espera de una respuesta que nunca llegó.

Había oído decir que ningún hombre podía vivir totalmente aislado en sí mismo sin relacionarse con nadie, pero tenía la impresión de que Leon podía ser la persona que confirmaba la regla.

–¿Quién pensabas que era cuando me acusaste ayer de estar jugando contigo?

–Olvídalo. No tiene importancia –respondió él.

–Parecía muy importante para ti en ese momento. Las cosas que me dijiste no fueron muy agradables.

–Sí, puede que tengas razón... Todos cometemos errores –admitió Leonidas, añadiendo unas hierbas recién cortadas a la sartén–. Vine aquí a descansar y a relajarme. No esperaba encontrar a nadie en la playa sacándome fotos furtivas. Cuando echaste a correr por las rocas al ver que te había visto, deduje que tus intenciones no podían ser buenas. Ayer te invité a comer para tratar de averiguarlas.

–Me acusaste de estar espiándote. ¿Qué te imaginaste? ¿Que era un agente secreto? ¿O, tal vez, un detective privado contratado por tu esposa? Sí, eso podría ser. Tu esposa quiere sacarte el dinero y espera descubrir dónde tienes guardados los millones. ¿He acertado? –exclamó ella, pensando que había dado en el clavo al ver la expresión de sus ojos.

Recordó que se había referido a ella, el día anterior, como una mujer ambiciosa y sin escrúpulos. Sin duda, debía de estar aún lamiéndose las heridas de un divorcio hostil y poco amistoso.

–Buen intento –respondió él secamente–. Pero siento desilusionarte. No estoy casado. Además, no creo que por el hecho de que un hombre quiera proteger su intimidad tenga que tener una esposa ambiciosa dispuesta a sacarle la sangre.

–No necesariamente –dijo Kayla, preguntándose por qué se sentía tan feliz al saber que estaba soltero–. Me pareció una reacción algo exagerada por tu parte, eso es todo. Y, después, al verte solo en esta granja semiabandonada...

–Yo nací en esta isla. Puedo usar esta casa cuando quiera.

–¿De quién es?

–De alguien que está demasiado ocupado para interesarse por ella.

–¡Es una lástima! –exclamó Kayla, mirando las paredes descascarilladas–. Podría quedar muy bien con algunas reformas. Estoy segura de que ha debido ser maravillosa en otro tiempo.

Sí, se dijo Leonidas con nostalgia.

Hubo un tiempo en que las bellas canciones de su madre resonaban por sus paredes cálidas y acogedoras, cuando él no podía dormir de la ilusión que tenía al saber que su abuelo lo iba a llevar a pescar al día siguiente...

—Es evidente que el dueño actual no comparte tu sentimentalismo por la casa.

—¿Has dicho que naciste en esta isla? Me parece un lugar paradisíaco. ¿Por qué te fuiste?

Leon puso dos trozos de queso halloumi frito sobre dos rebanadas de pan recién horneado y, luego, colocó encima unos trozos de tomate seco.

—Pensé que había una vida mejor por ahí.

—¿Y la había?

—Tómate el desayuno —dijo él, poniendo un plato en la mesa frente a ella—. Luego iremos a ver los daños que ocasionó anoche la tormenta.

Capítulo 4

LA ESTRUCTURA de la villa había sufrido menos daños de los que Kayla había imaginado.

Leon la había ayudado a retirar los escombros y a arreglar los desperfectos que la caída del árbol había ocasionado, pero aun así la casa había quedado en bastante mal estado.

–Tendré que buscar otro lugar –dijo ella con un gesto de resignación, metiendo en la bolsa de la basura la comida que se había echado a perder.

–Yo te ayudaré.

Leonidas sacó el móvil del bolsillo, dispuesto a buscarle un alojamiento.

Había solo tres hoteles en la isla y uno de ellos estaba cerrado por reformas.

Kayla oyó a Leon hablando en griego por teléfono con los otros dos.

Al cabo de un par de minutos, colgó y se volvió hacia ella, moviendo la cabeza con un gesto negativo.

–Me temo que no va a haber habitaciones disponibles hasta dentro de tres semanas. Uno de los hoteles tenía ayer una habitación libre, pero ha tenido que cerrar esta mañana por las inundaciones de anoche.

–Está bien, me las tendré que arreglar aquí como pueda hasta que los padres de Lorna vengan mañana –dijo Kayla, encogiéndose de hombros.

–No puedes quedarte aquí en estas condiciones –replicó él, abriendo la puerta que daba al jardín.

Había otro árbol, muy inclinado, que podía desplomarse en cualquier momento, produciendo una nueva catástrofe. Además, parte del techo estaba roto y el suelo en muy mal estado.

–¿Se te ocurre otra idea mejor? –exclamó ella, dejando la bolsa de basura en el contenedor.

–Sí. Puedes quedarte conmigo.

–¿Contigo? –exclamó ella sin poder reprimir una sonrisa irónica.

–No puedo dejarte aquí. Ese árbol podría venirse abajo con un suspiro.

–No tienes por qué sentirte responsable de mí. Además, he venido aquí para estar sola.

–¿Por qué razón? –preguntó Leonidas, mirándola fijamente–. ¿Por qué una chica tan atractiva como tú prefiere estar sola en un lugar solitario como este cuando podrías estar disfrutando de la compañía de otros chicos de tu edad en un sitio más alegre como Creta o Corfú?

–Vine aquí en busca de paz y tranquilidad. No deseaba estar con nadie.

–Yo tampoco.

–¡Por eso mismo! Y supongo que lo último que querrías sería tener en tu casa a una... ¿cómo la llamaste...? ¡Ah, sí!, una mujer ambiciosa y sin escrúpulos dispuesta a sacarte la sangre.

–Está bien. Creo que no tuvimos un buen comienzo. No debí haberte dicho esas cosas. Pero eso no cambia los hechos. La casa de tu amiga no ofrece ninguna seguridad en el estado actual. No me conoces bien. Creo que has sacado una impresión equivocada de mí por lo que te dije ayer en un momento de obcecación. Pero, sea o no mi responsabilidad, no puedo consentir que te quedes sola en esta casa. Así que espero que te tragues tu orgullo y aceptes que no tienes alternativa.

–Siempre hay una alternativa –replicó Kayla.

–¿Como cual? ¿Salir huyendo?

–¿Quién dice que estoy huyendo? Si piensas eso solo porque decidí venir sola de vacaciones, yo también podría decir eso mismo de ti, ¿no te parece? A propósito, no creo que los insultos que me dirigiste fueran solo producto de un momento de enfado. Más bien, tengo la impresión de que vertiste sobre mí todos los problemas que debes tener con las mujeres. ¿Quieres saber por qué estoy aquí? Pues voy a decírtelo. El sábado se suponía que iba a ser el día de mi boda, pero mi novio debió de cambiar de opinión a última hora y decidió casarse con otra. Y lo hizo en la misma iglesia, a la misma hora y con el mismo fotógrafo. Supongo que por comodidad –dijo ella con una leve sonrisa, pero sin poder evitar un gesto de amargura–. Imagino también que porque necesitaba casarse con ella a toda prisa. Antes de romper nuestro compromiso hace tres meses, tuvo la decencia de confesarme que la había dejado embarazada. Trabajábamos en la misma empresa, por eso tuve que dejar mi empleo. Vivo en una comunidad donde todo se sabe y no podía quedarme allí para ser objeto de todo tipo de humillaciones. Tal vez alguien esperase de mí que tuviera el cuajo necesario para ir a la iglesia a tirar arroz y pétalos de flores a los novios. Procuraré tener más coraje en el futuro.

–Perdóname –dijo él consternado–. Pero creo que tu novio se comportó como un...

Leonidas dijo una palabra en griego que ella no entendió, pero que imaginó que no sería ningún elogio.

–De todos modos, eso ya es agua pasada. Casi me he olvidado de todo –replicó Kayla, sintiéndose más relajada después de habérselo contado–. Curiosamente, Craig fue el que se encargó personalmente de arreglar todos los detalles de nuestra boda.

–No parece que estuvieras muy enamorada.

–Lo que lamento es no haberme dado cuenta mucho antes de quién era él realmente.

–Supongo que nadie, en tu lugar, podría haber pensado que fuese a suceder una cosa así.

–¡Oh! Tuve un buen maestro de quien aprender esas cosas, créeme. Mi padre le hizo lo mismo a mi madre, abandonándola por su secretaria. Así que no me pillaba de nuevas. Pero no quise ver la realidad. No pensé que eso podría pasarme también a mí. Al menos, ahora sé que nunca más volveré a relacionarme con ese tipo de hombres.

–¿A qué tipo de hombres te refieres?

–A esos hombres bien trajeados que guardan siempre una camisa limpia de repuesto en el armario de la oficina. A esos tipos que llegan siempre tarde a casa porque dicen estar agobiados de trabajo y que piensan que sus compañeras de la oficina solo sirven para satisfacer su ego.

–Pensé que el machismo era un especie extinguida en los años setenta.

–¡Oh, no lo creas! –exclamó Kayla, mientras limpiaba el interior del frigorífico–. Hay hombres que parecen transformarse cuando les ponen una secretaria y un despacho con su nombre en la puerta. Pero no voy a aburrirte con esas cosas. Es mi problema. No debería haber sido tan ingenua.

–Has sufrido, sin duda, una experiencia muy amarga. Sin embargo, el problema más acuciante que tienes en este momento es dónde vas a dormir esta noche. Como ya te he dicho, no estoy dispuesto a dejar que te quedes aquí –dijo él, imaginando lo que ella pensaría si supiera que él tenía un despacho con una secretaria y que guardaba varias camisas de repuesto en sus oficinas de Atenas y Londres–. Lo que significa que o te quedas a dormir a la intemperie o te vuelves conmigo... A menos que estés pensando en regresar a Londres...

Kayla se estremeció al considerar esa última posibilidad. Tal vez fuese la única solución sensata, pero tendría que escuchar los sermones de su madre y su frase favorita: «Ya te lo dije». Además de las miradas maliciosas y los comentarios de la gente del barrio.

–Si es tu honor lo que te preocupa y piensas que podría... aprovecharme de ti, te puedo asegurar que nunca se me ocurriría tratar de seducir a una mujer que está recuperándose de un desengaño amoroso.

–No estoy tan dolida como crees –replicó Kayla, y luego añadió, pensando que Leon podría interpretar sus palabras como que estaba deseando tener una relación con él–: Quiero decir que...

–Sé lo que quieres decir –dijo él, con un brillo especial en los ojos y una sonrisa burlona en los labios.

Ella se quedó mirándolo, imaginándose lo que sentiría si decidiera aprovecharse de ella.

–¿Qué decides entonces, Kayla?

Al oír su nombre en la boca de Leon, ella sintió como si fuera ambrosía en los labios del mismo Eros. Aunque dudaba de que ni siquiera el dios griego del amor pudiera tener su arrolladora sensualidad.

No quería regresar a casa, pero tampoco quería estar en deuda con un desconocido, aunque fuera el hombre capaz de satisfacer las fantasías sexuales más inconfesables de cualquier mujer.

¿A dónde podía ir? ¿A dormir al raso?

–Recoge tus cosas y ven conmigo –dijo Leonidas en voz baja.

–Sabes de sobra que no puedo quedarme contigo.

–Está bien, veo que no voy a poder convencerte. Haz el equipaje, mientras yo termino de limpiar esto –replicó él como si acabara de encontrar una nueva solución al problema.

Leon se montó en la camioneta y dijo a Kayla que lo siguiera en su coche.

Ella intentó arrancar infructuosamente su pequeño utilitario un par de veces sin conseguirlo, por lo que él se bajó de la camioneta y se acercó al vehículo para examinarlo.

El motor se puso en marcha justo cuando él ya estaba a punto de abrir el capó.

–¿Me crees ahora? –dijo Kayla, bajando la ventanilla, con un destello de satisfacción en los ojos.

Leon esbozó una mueca, pero no dijo nada.

Tal vez era uno de esos hombres a los que les costaba reconocer sus errores, pensó ella.

–Lo que el vehículo necesita es hacer kilómetros –dijo él finalmente, como si fuese una autoridad en la materia–. Probablemente, lleva inactivo mucho tiempo y tiene la batería baja.

Kayla siguió a Leon por la sinuosa carretera de la montaña, admirando las vistas impresionantes del mar y de las colinas bañadas por el sol.

Llegaron a un conjunto de casas encaladas, todas con persianas azules y macetas con flores en las ventanas y los balcones. Leon se detuvo en una de ellas.

–Ya que no quieres quedarte conmigo, te dejaré en casa de Philomena –dijo él, acercándose a donde Kayla acababa de dejar el coche.

–¿Philomena?

–Sí, es una amiga mía. Estarás en buenas manos. Hay, sin embargo, un pequeño inconveniente –replicó él, sacando su bolsa de viaje del maletero–. No habla nada de inglés. Pero está sola y le encantará gozar de tu compañía.

–¿Se lo has dicho ya?

–No te preocupes por eso.

Él le había dicho que Philomena era una amiga, pero cuando entraron en el cuarto de estar de aquella pequeña casa de pescadores, sin llamar siquiera a la puerta, Kayla calculó que la mujer de ojos castaños, vestida de negro, que salió a recibirlos, tenía edad más que suficiente como para ser su abuela.

Aunque su afecto por León quedó patente desde el principio, se enzarzaron luego en una discusión en griego que Kayla no entendió.

La mujer agitaba las manos y dirigía unas miradas a Kayla poco amistosas.

–Me parece que no ve con buenos ojos que me quede en su casa y la comprendo –dijo Kayla.

–No saques conclusiones precipitadas –replicó Leonidas en inglés, volviendo luego a hablar con Philomena en aquel griego tan incomprensible para Kayla, mientas la mujer seguía gesticulando con los brazos.

–Lo siento –contestó Kayla, disculpándose por su intromisión y dirigiéndose a la puerta con la bolsa de viaje.

–¡No, no! Tú te quedas conmigo –exclamó Philomena, agarrándola del brazo y acariciándole las mejillas con sus manos curtidas por el sol.

–¡Lo ves! –dijo Leonidas con cara de satisfacción–. Ya te dije que estaría encantada de tenerte en su casa.

–Entonces, ¿qué estabais discutiendo?

–Philomena no tiene a nadie a quien regañar en estos días y disfruta discutiendo conmigo. Ha tenido siete hijos, pero le gusta decir que fue ella la que me trajo al mundo, cosa de la que le estoy muy agradecido. Eso le autoriza a echarme un sermón en cuanto ve la ocasión.

–¿Por qué? –preguntó Kayla, desconcertada.

–Por cualquier motivo. Por marcharme de la isla, por volver, por no volver...

–¿Y por qué te estaba regañando ahora?

Leonidas miró a la mujer que le había ayudado a venir al mundo. Había estado a su lado durante su infancia y, tras la muerte de su madre, había sido un verdadero consuelo para él frente a la disciplina severa, y a veces brutal, de su padre.

–Creo que no le gusta mucho la vida que llevo.

–¡Ah!

Kayla hubiera deseado conocer más cosas, pero prefirió no pecar de indiscreta.

Leon dio las gracias a Philomena y luego le dijo otra cosa que despertó la curiosidad de Kayla.

–Le he dicho que te cuide bien –dijo él, traduciéndole sus palabras, con una sonrisa resplandeciente, saliendo luego por la puerta.

Kayla se adaptó a la casa sin ningún problema. A pesar de la barrera del idioma, Philomena Sarantos era una anfitriona llena de afecto y generosidad.

Se preguntaba lo que Leon habría querido decir con eso de que a Philomena no le gustaba la vida que llevaba. ¿Se referiría a que no tenía un trabajo estable? ¿O a que le gustaba ir de un sitio a otro sin tener una residencia fija?

Pasaron dos días sin saber nada de él. Tampoco tenía de qué extrañarse. Leon le había dejado claro que no quería intrusiones en su vida privada.

Además, ella había estado muy ocupada. El día anterior, había ido a la villa a reunirse con los padres de Lorna, que le habían enviado un mensaje informándole de su llegada. Ellos se habían encargado de que unos hombres retiraran el árbol y de que un perito inspeccionara el estado en que había quedado la estructura del edificio. Había dictaminado que la casa no reunía las condiciones de habitabilidad por el momento.

Tras acordar las obras de restauración necesarias y congratularse de que hubiera encontrado una buena casa donde realojarse, se habían despedido de ella, diciéndole que iban a aprovechar el viaje para pasar unas pequeñas vacaciones en Corfú.

Ahora, poco después del amanecer, Kayla salió de casa de Philomena y se dirigió a una preciosa playa de aguas transparentes bañada por los primeros rayos del sol.

Leonidas bajó por el camino de matorrales en dirección a la playa, pero se detuvo en seco al ver a Kayla andando por la orilla con los pies en el agua.

Ella no advirtió su presencia.

Llevaba un vestido de algodón de manga larga muy recatado y, con el pelo rubio ondeando al viento, parecía una aparición casi angelical.

Sin embargo, se le había mojado el vestido y lo llevaba ahora pegado al cuerpo, haciendo casi visibles sus pequeños pechos y la fragancia de su piel.

Leon se quedó como paralizado por la belleza de su cuerpo y la gracia de sus movimientos.

Kayla caminaba de cara al sol y los cambios de luz hacían que sus pechos cobraran formas diferentes según los reflejos. Pero todas ellas seductoras y tentadoras. Parecía una sirena salida del mar con ese vestido que le llegaba solo hasta medio muslo.

Cuando alzó la vista y vio a Leon, se llevó instintivamente la mano a la boca en un gesto de sorpresa. Luego echó a correr por la playa con los pies descalzos hacia el sombrero blanco de ala ancha que había dejado en la arena.

—No te había visto –dijo ella, agarrando el sombrero en el que había dejado la cámara de fotos y el resto de sus cosas.

—Ya me he dado cuenta –replicó él sin poder reprimir una sonrisa al ver cómo se tapaba los pechos con el sombrero.

—¿Llevabas aquí mucho tiempo?

No el suficiente, se dijo él, tratando de disimular su excitación y alegrándose de haberse puesto unos pantalones de lino y una camisa de sport, en vez del bañador como había sido su intención.

—No deberías bañarte sola –dijo él, mirándola de forma inescrutable a través de sus gafas de sol.

—Solo estaba mojándome los pies. Pero reconozco que el sol y el agua de este mar son una verdadera tentación.

—Es su forma de manifestarse. Antes de que uno se dé cuenta, la naturaleza te atrae y te atrapa en su seno, reclamando su maternidad.

—¡Qué cosas tan bonitas dices! –exclamó ella.

Leonidas se echó a reír. Le habían acusado de muchas cosas en la vida, pero nunca de decir cosas bonitas.

Ella recogió sus cosas y comenzó a ponerse los leggings blancos que había dejado en la arena.

—¿Cómo te va con Philomena? –preguntó él.

Kayla se puso las chanclas y luego se colocó el sombrero estratégicamente delante de los pechos.

–De maravilla. Me recuerda a mi abuela.

–Eso está bien –dijo él con cara de satisfacción, mientras sacaba una libreta del bolsillo de atrás de los pantalones–. ¿Y qué piensa tu abuela de que estés aquí sola? ¿No tiene miedo de que puedas caer en las garras de algún libidinoso desconocido?

–No –respondió ella, recogiendo la cámara de fotos y el protector solar, y poniéndose la gafas de sol por encima de la frente–. Mi abuela murió hace unos meses.

–Lo siento. ¿Estabais muy unidas?

Ella asintió con la cabeza.

–Mucho más que con mi madre. Tampoco me llevaba muy bien con mi padre. Cuando abandonó a mi madre, ya nunca volvió a ser para mí el mismo de antes. Así que también nos distanciamos mucho en los últimos años. Mi abuela fue la que vino a llenar ese vacío afectivo.

–Así que, en unos meses, perdiste a tu prometido y a tu abuela. Debió de ser muy duro para ti.

–Al menos, tenía a Lorna. Estuvo a mi lado dándome ánimos, tanto cuando murió mi abuela como cuando rompí mi compromiso con Craig.

–Háblame de ella –dijo él, quedándose un par de pasos rezagado para hacer unos garabatos en la libreta.

Kayla le habló de la amiga que había conocido en el colegio y que había llegado a ser como una hermana para ella. De la empresa de diseño de interiores que Lorna y su marido tenían, y en la que le habían dado trabajo tras su ruptura con Craig. De cómo la recesión económica les había dejado sin sus mejores clientes, haciendo que su situación fuese ahora extremadamente delicada. Llegó incluso a decirle que podría verse sin empleo si las cosas no mejoraban.

Pensó que había hablado demasiado, pero se dio cuenta de que él apenas la había escuchado.

–¿Qué estás escribiendo? –preguntó ella.

–Solo estaba tomando nota de un par de cosas que no quiero olvidar –replicó él, cerrando la libreta y guardándosela de nuevo en el bolsillo.

–¿Estabas dibujando? ¿No me estarías dibujando a mí?

–Déjalo, Kayla –dijo él muy serio con voz autoritaria.

¿Cómo podía dibujarla así, con el pelo lacio y la puntas abiertas por el agua?, se dijo ella. No se había pintado las pestañas. ¡Ni siquiera lleva sujetador!

–¡Me estabas dibujando! ¡Oh, no! –exclamó Kayla, escondiendo la cara bajo el sombrero–. ¡Y con estas pintas! Debo parecer un rata ahogada y sin pestañas.

–Lo que pareces es un ángel –dijo Leonidas, exteriorizando sus sentimientos.

–No puedes estar hablando en serio.

–No acostumbro nunca a bromear sobre la belleza. Y mucho menos sobre la de una mujer –replicó él con una voz que parecía un goteo de miel pura.

«Habrás conocido a docenas de mujeres y les habrás dicho esas mismas cosas que me estás diciendo a mí ahora», pensó ella, sintiendo que le flaqueaban las piernas.

–¿Te funciona esa técnica?

–¿Funcionarme? ¿En qué sentido? –replicó él con

una sonrisa burlona–. ¿Piensas acaso que quiero acostarme contigo?

Kayla sintió un intenso rubor en las mejillas.

–¿No es a eso a lo que estás acostumbrado?

–Es posible, pero no en este caso. No tienes por qué tenerme miedo, Kayla.

Tal vez tenía razón. Pero, cuando Leon le quitó el sombrero que ella mantenía sobre su pecho como un escudo protector y su mano le rozó accidentalmente la piel por encima del escote, ella se dio cuenta de que, en realidad, solo tenía miedo de sí misma y de los sentimientos que habían surgido en ella desde el primer día que lo vio.

Ahora, con la camiseta mojada y sin poder hacer nada para protegerse de su ardiente mirada, podía sentir la sangre hirviéndole en las venas y los pezones pugnando por verse libres de la camiseta. Todos sus pensamientos estaban puestos en aquel duro cuerpo masculino y en el tórrido placer sensual que podría proporcionarle en la cama.

–¿Estás tratando de decirme que tu interés por mí es puramente estético? –preguntó ella con voz temblorosa, avergonzada de sus pecaminosos pensamientos y de ver cómo la inflamación de sus pechos la estaba traicionando.

–No –respondió él, quitándose las gafas de sol y prendiéndolas en la cintura de los pantalones.

Kayla pudo ver ahora sus ojos con claridad. Eran oscuros y brillaban con tal intensidad que todos sus nervios se pusieron en estado de alerta cuando él se inclinó hacia ella.

Capítulo 5

AL CONTACTO de sus labios, Kayla sintió como si se hubiera prendido en ella la antorcha olímpica. Un fuego abrasador parecía circular por sus venas transmitiéndose por todo su ser.

Fue un beso apasionado, pero tierno. Dominante, pero respetuoso. Era el beso de un hombre de mundo que conocía bien a las mujeres, no el de un vagabundo sin oficio ni beneficio.

Kayla le rodeó el cuello con los brazos hasta sentir la dureza de su torso sobre sus pechos.

Él soltó un gemido de placer y, llevado por su deseo, le apartó el sombrero y la atrajo con fuerza hacia sí.

Kayla escuchó un murmullo, pero no supo si era el latido acelerado de su corazón o si estaba siendo absorbida por el poder implacable del mar.

Sintió la dureza de su cuerpo en toda su longitud y respondió entregada al deseo ardiente de sus labios.

Su espalda era firme y musculosa. Sintió deseos de dejar su pudor a un lado y acariciarle todo el cuerpo. No había ningún obstáculo entre ellos que los separase. Estaban fundidos como uno solo. El pecho de él era un muro de piedra que aplastaba sus pechos anhelantes. Y la evidencia de su virilidad dura y poderosa despertaba en ella un deseo irrefrenable entre los muslos.

Cuando él se apartó, Kayla emitió un suspiro ahogado de desaliento y decepción.

—¿Por qué me has besado? —preguntó ella casi temblando.

—Porque vi que te estabas preguntando si te gustaría que lo hiciera.

Ella se quedó desconcertada viendo que no solo era capaz de leer sus pensamientos, sino también de doblegar su voluntad.

—Entonces, ¿por qué no seguiste?

—Porque, como te dije antes, no me gusta aprovecharme de una mujer que se está recuperando de un desengaño.

—¿Cómo quieres que te diga que no es verdad? —protestó ella con firmeza, pero sintiéndose avergonzada de no ser capaz de controlar sus emociones como él.

—¿Estás segura? —replicó él, esbozando una sonrisa irónica—. Tuviste una relación con ese Craig, ¿no?

—En cierto modo, sí.

—¿Vivías con él?

—No.

—¿Cómo es eso? Si yo estuviera con una mujer con la que pensara casarme, la tendría presente siempre en mi vida... y en mi cama.

—No quería estar con él hasta que estuviéramos casados. Craig estaba de acuerdo en eso.

—¿En serio? ¿Y cómo os las arreglabais? —exclamó él, arqueando las cejas.

–Eso no es asunto tuyo –respondió ella, molesta de tener que dar explicaciones de su vida íntima a un hombre al que apenas conocía–. Queríamos comenzar nuestro matrimonio como es debido. En un lugar que fuera nuestro. No quería irme a vivir a su apartamento. Además, creo que en una relación debe haber algo más que sexo –añadió ella, limpiándose instintivamente la boca con el dorso de la mano.

Tenía los labios inflamados por sus besos y su cuerpo aún ardía y temblaba de deseo.

–¿De veras? –preguntó él sin perder su sonrisa irónica.

–¡Sí! Aspiro a compartir mi vida con un hombre para el que una relación sea algo más que dejarse llevar por sus instintos animales.

–¿Es eso lo que yo estaba haciendo? Si es así, tendrás que perdonarme por no reunir los requisitos del tipo de hombre al que estás acostumbrada. Pero me atrevería a decir que la ruptura de vuestro compromiso pudo ser debida a esa falta de pasión entre vosotros. Él fue a buscar a otra parte lo que no encontraba contigo.

Kayla sintió su orgullo herido al recordarlo. Era la misma sensación que había sentido al enterarse de la traición de Craig, pero ahora acrecentada al oír esas palabras en la boca de un hombre como Leon, que rezumaba sensualidad por los cuatro costados.

–Lo siento –dijo él suavemente–. No era mi intención meter el dedo en la llaga.

–Pues lo has conseguido –replicó ella en tono de reproche.

–Está bien. Lo siento, Kayla. Pero creo que no estás preparada para tener una relación con otro hombre hasta que no superes la frustración de tu desengaño. En todo caso, diría que una chica tan sensata como tú lo último que debería hacer sería involucrarse con un hombre como yo.

–Lo creas o no, no estoy buscando a ningún hombre en este momento –respondió ella, y luego añadió para cambiar de conversación, ladeándose el sombrero–: Tal vez te gustaría dibujarme así.

–No voy a dibujarte de ninguna manera, por la sencilla razón de que no soy ningún artista. Pero, si lo fuera –dijo él con un brillo especial en los ojos mientras miraba descaradamente su blusa húmeda, bajo la que se adivinaban sus pechos seductores–, no podría aguantar mucho tiempo mirándote así de forma pasiva sin acabar haciéndote el amor.

La subida a la casa de Philomena fue dura y fatigosa.

Leonidas iba delante de Kayla, para abrirle camino por entre la maleza.

Había tenido una mañana muy ajetreada, teniendo que solucionar un problema urgente que había surgido en su oficina de Londres. Era el tributo que tenía que pagar por ser el presidente de la compañía. Por más que se empeñase en desconectar del trabajo, siempre había algún caso que nadie se atrevía a resolver sin consultarle.

Tenía que estar pendiente de todos los detalles. Después del escándalo que había aireado la prensa el año anterior sobre el desahucio de los inquilinos de una zona residencial, necesitaba asegurarse de que no había quedado ningún resquicio legal por el que los abogados sin ética y los ejecutivos ambiciosos de su empresa pudieran llegar a acuerdos especulativos.

No deseaba que su nombre volviera a aparecer en los medios de comunicación ligado a expresiones como «despiadado», «sin escrúpulos» o «especulador». Como tampoco quería que la prensa sensacionalista volviese a airear sus devaneos amorosos con Esmeralda Leigh. Tenía una reputación que mantener, tanto en su vida profesional como privada. No estaba dispuesto a que alguien pudiera advertir el menor atisbo de debilidad en él.

Ni siquiera la mujer tan hermosa que tenía ahora al lado...

Al oír por detrás su respiración fatigosa, se detuvo un instante a esperarla.

Kayla llevaba el protector solar en una mano y su voluminosa cámara fotográfica colgada del cuello. Con los leggings blancos, la blusa y el enorme sombrero de ala ancha, parecía una niña grande yendo a visitar a su abuelita.

Se sintió más tranquilo al observar que la blusa se le había secado ya.

—Déjame que te lleve eso —dijo él, alargando la mano para que le diera la cámara de fotos—. No quiero que pienses que lo hago para acostarme contigo.

Nunca se lo permitiría, pensó ella.

Sin embargo, sintió una especie de descarga eléctrica cuando él le dio la otra mano para ayudarla a subir.

—Gracias —dijo ella con voz trémula—. ¿Dónde

aprendiste a hablar inglés tan bien? –preguntó ella, para disimular su agitación.

–Suelo trabajar en el Reino Unido. Mi abuela era inglesa, así que tuve oportunidad de aprender el idioma cuando no era más alto que un grillo.

–Un saltamontes, querrás decir.

–¿Cómo?

–En inglés, para referirnos en broma a un niño o a una persona bajita, decimos que no es más alto que un saltamontes –le corrigió ella, contemplando cómo el telón de fondo de la escarpada costa reforzaba la robustez de aquel hombre que parecía formar parte de ella, como si estuviera integrado en aquel paisaje maravilloso.

Recordó entonces lo que Leon le acababa de decir sobre su trabajo. Debía de trabajar en el sector de la construcción, pensó ella, recordando la forma autoritaria con que se había dirigido a los trabajadores cuando habían ido a ver los daños que la tormenta había ocasionado en la villa de su amiga Lorna.

–¿Qué edad tenías cuando te fuiste de la isla?

–Quince años.

–¿Y te fuiste solo por tu cuenta, renunciando a ir a la universidad?

–Sí –respondió él, con una amarga sonrisa–. Deseaba seguir estudiando, pero mi padre no quería ni oír hablar de eso.

–¿Por qué?

–Él quería que saliera al mundo y que tuviera «un trabajo honrado», como él decía.

–¿Lo dices en serio? –exclamó ella sorprendida–. ¿En qué trabajaba tu padre?

–Se ganaba la vida a duras penas en esta tierra.

–¿Y dónde están tus padres ahora?

–Están muertos.

–Lo siento.

Kayla había sabido, por una conversación anterior que habían tenido en la villa, que era hijo único. Igual que ella.

–Uno aprende a superar esas cosas –dijo él.

–Afortunadamente, aún tienes a Philomena.

Leon se quedó callado.

Ella no entendía por qué, abajo en la playa, se había comportado como un amante apasionado y ahora, sin embargo, volvía a ser tan reservado.

–¿Te dijo ella dónde estaba yo?

–¿Estás sugiriendo que fui a preguntárselo? –dijo él con cierta acritud.

Molesta porque él hubiera pensado eso, trató de apartar la mano, pero él no se lo permitió.

–Sí –admitió él– Fui a casa de Philomena para saber cómo estabas. Pero no quería molestarte.

–Gracias. Pero no me has molestado en ningún momento –replicó ella agradecida.

Se preguntó si tendría novia o alguna amante. Parecía haber tenido un romance tempestuoso, a juzgar por la forma en que había hablado el otro día de las mujeres.

–¿Por qué estuviste tan desagradable conmigo al principio? –preguntó ella.

Kayla se asustó cuando él se detuvo en seco y la agarró del brazo para mirarla a los ojos.

–¿Siempre haces tantas preguntas?

–No –respondió ella con cierta timidez, encogiéndose de hombros–. Me temo que es un defecto propio de mi signo del Zodiaco. Nací «el Día de la Curiosidad» –añadió con una sonrisa.

–¿Crees de verdad en esas tonterías?

–No. Pero aciertan en muchos rasgos de mi carácter.

–¿Y puede saberse cuándo es ese día tan glorioso? –preguntó él secamente.

–El veintitrés de marzo.

–Así que hace poco que ha sido tu cumpleaños. ¿Cuántos años tienes?

–Veintitrés.

–Edad más que suficiente para saber cuándo un hombre no desea que se inmiscuyan en su vida privada.

Kayla acusó la reprimenda y trató nuevamente de apartarse de él. Pero se sintió aún más desconcertada y molesta que antes cuando Leon le soltó ahora la mano.

Llegaron finalmente a la cima de la colina y se dirigieron a la casa de Philomena.

En la parte de atrás, había una especie de huerta con un limonero y un par de naranjos, donde Philomena cultivaba berenjenas y pimientos, y donde los pollos se buscaban la vida entre los hierbajos y matorrales.

–¿Cómo te va el coche? –preguntó Leon al verlo aparcado frente a una fachada lateral de la casa.

–Bien –respondió ella ahora más tranquila–. Algo que me parece que no puede decirse del tuyo.

La camioneta de Leon estaba aparcada junto al utilitario de Kayla y tenía una rueda pinchada. Leon, al verlo, soltó un par de maldiciones en griego, le devolvió la cámara que llevaba en la mano y se fue a cambiar la rueda.

Kayla aprovechó para dar una vuelta por el jardín, donde Philomena estaba tendiendo la ropa, rodeada de pollos y gallinas.

–Tiene una rueda pinchada –dijo Kayla a Philomena.

La mujer asintió con la cabeza, con cara de resignación.

¿Qué podría significar eso?, se preguntó Kayla. ¿Estaría descontenta con la clase de hombre en que se había convertido el muchacho que ella había ayudado a traer al mundo hacía treinta y tantos años?

Se acercó a Philomena para ayudarla con la ropa, pero ella hizo un gesto negativo, señalándole una de las tumbonas que había debajo de una sombrilla.

No deseando contrariarla, Kayla entró en la casa y se puso un biquini y una especie de chal rojo y blanco por encima, antes de regresar al jardín, ahora desierto.

Philomena salió al poco rato de la casa con dos copas de una bebida refrescante. Un zumo para ella y algo más fuerte para Leon.

–Yo se lo llevaré –dijo Kayla decidida, dejando su vaso junto a la mesa más cercana, mientras Philomena entraba apresuradamente en la casa para atender al teléfono que estaba sonando en ese momento.

Cuando Kayla tomó la copa de Leon para llevársela, se le cayó el chal al suelo, pero prefirió no agacharse a recogerlo.

Vio a Leon en cuclillas junto a la camioneta, colocando la rueda de repuesto.

Se había quitado la camisa y se había cambiado los pantalones de lino por unos vaqueros descoloridos.

Kayla se quedó un instante inmóvil mirándolo, aprovechando que él no había advertido su presencia.

Tenía un cuerpo espectacular y una piel brillante y bronceada. Podía ver la tensión de los músculos de su pecho y de su espalda. Y, sobre todo, sus poderosos bíceps apretando las tuercas de la rueda.

–Philomena pensó que te apetecería tomar algo –dijo Kayla, acercándose a él.

Leon dejó caer la llave de tubo que estaba usando y se levantó con gran agilidad, arqueando las cejas al darse cuenta del interés que ella había puesto en dejar claro que no había sido idea suya lo de la bebida.

–Ella siempre tan amable –replicó él con una sonrisa irónica, dando a entender que él también sabía jugar a ese juego.

Luego la miró descaradamente de arriba abajo, recreándose en su cuerpo como si pretendiera desnudarla del todo con la mirada.

–¿Quieres que te ayude en algo? –se ofreció ella, dándole la copa y sintiendo un escalofrío por el cuerpo al percibir el leve roce de sus dedos.

–¿Crees que podría trabajar a tu lado vestida así?

Kayla tragó saliva, tratando de disimular la impresión que le causaba ver la firmeza de su torso desnudo con sus pequeños pezones oscuros y la hilera de vello que le nacía encima del ombligo y le bajaba hasta la cintura de los vaqueros increíblemente ajustados a sus estrechas caderas.

Era como un pura sangre. Esbelto, delgado y musculoso. Con el poder de dominar y emocionar con la energía y la potencia de su cuerpo glorioso.

Sintió sus pechos palpitando bajo las copas de satén blanco de su biquini y una aguda flecha de deseo perforando el centro mismo de su feminidad.

Era tan masculino y tan desvergonzadamente viril...

Sintió deseos de saber lo que sentiría teniendo dentro un hombre como él, llevándola a los confines más salvajes del universo mientras yacía bajo su cuerpo, gimiendo de placer, abandonándose a la experiencia única de sentir sus manos recorriendo su cuerpo.

Trató de alejar esos pensamientos eróticos, fingiendo estar interesada por la camioneta, a fin de recobrar una parte de su sentido de la decencia.

–¿Venía este cacharro con la casa? –preguntó ella con una sonrisa, dando unas palmaditas sobre el capó sucio y abollado de la camioneta–. ¿O tuviste que comprarla?

–Es mía –respondió Leonidas, echando un trago de la copa y mirándola fijamente.

–Pues creo que ya es hora de que vayas pensando en comprarte una nueva –dijo ella con descaro.

–Está bien. Creo que ya te has reído bastante a mi costa, ¿no?

Ella borró la sonrisa de sus labios al ver la expresión sombría de sus ojos. Probablemente, él no pudiera permitirse nada mejor, pensó ella.

–Lo siento. No era mi intención burlarme de...

–¿No? –exclamó él, apurando su copa y acercándose a Kayla–. Supongo que eres de esas que valoran a los hombres por el modelo de coche que tienen, ¿verdad? ¿Cuál te gusta más? ¿El Porsche o el Mercedes?

–Los dos están muy bien –respondió ella con la voz apagada al ver que sus bromas no le habían sentado nada bien–. En realidad, era una especie de venganza.

–¿Por qué?

–Por avergonzarme antes, cuando me dijiste que estaba siendo demasiado curiosa haciéndote tantas preguntas sobre tu vida privada.

Leon sonrió levemente y sus facciones parecieron relajarse. Sus ojos, sin embargo, siguieron mirándola de forma inquietante.

–Pensé que estabas haciéndolo para provocarme.

–¿Para qué querría hacer una cosa así? –exclamó Kayla con la garganta contraída por su tensión sexual.

–Porque, probablemente, soy el único hombre que no ha sucumbido enseguida a tus encantos.

–No es cierto. No estaba tratando de llamar tu atención –replicó ella indignada.

Leon la escudriñó con sus ojos penetrantes como si quisiera desentrañar sus secretos más ocultos e inconfesables. Luego, abarcó su cuerpo con la mirada, desde sus pechos turgentes, que parecían pugnar por salir de las copas del sujetador del biquini, hasta las minúsculas bragas que apenas cubrían la parte baja de su vientre.

–¿De veras? No creo que te hubieras presentado así, si no tuvieras esas intenciones.

Kayla se arrepintió de no haberse molestado en

agacharse a recoger el chal y haber preferido ir presumiendo en biquini a llevarle la bebida. Porque tenía que admitir que eso era lo que había estado haciendo. Presumiendo.

Tenía que decir algo para salvar la situación. Tal vez, salir corriendo. Cualquier cosa menos quedarse allí frente a él con aquel biquini.

Pensó que la huida habría sido la mejor solución cuando él se acercó a ella, le acarició la mejilla y luego pasó el dedo pulgar por sus labios carnosos.

–Si te hiciera el amor –dijo él con la voz apagada–, sería solo un momento fugaz de placer. Sin compromisos ni ataduras. Y no creo que hayas venido aquí para dejar que un hombre con sus propios problemas te use de esa manera. Una chica como tú se merece algo más que lo que yo puedo ofrecerte. No una simple aventura que te ayude a olvidar al hombre que te engañó. Aunque, eso sí, no me cabe duda de que gozaríamos sin límite.

Leon estaba hablando muy en serio.

Se sentía excitada por sus palabras y por la forma en que las decía. ¿O no eran sus palabras sino el pulgar que acariciaba su labio inferior, obligándola a cerrar los ojos para evitar el deseo que sentía de lamerle el dedo?

–¿Quién ha dicho que deseo que me hagas el amor? –exclamó ella con fingida indignación.

–Tú, con tus continuas provocaciones. No eres tan ingenua como para no darte cuenta de que me estás excitando hasta casi hacerme perder el control.

–¡Te equivocas! –exclamó ella casi sin aliento, dándose la vuelta y echando a correr hacia la casa.

Subió a su habitación, entró en el cuarto de baño y se quitó el biquini. El culpable de todo.

¿Por qué demonios se sentía tan atraída por él?, se dijo ella, molesta consigo misma.

Abrió el grifo del agua fría de la ducha, tratando de apaciguar el calor sensual de su cuerpo y borrar el aroma que él le había dejado adherido a la piel.

Había admitido que era un hombre con problemas. Problemas con mujeres, sin duda alguna.

Por eso, le había pedido que no siguiera preguntándole cosas de su vida mientras volvían de la playa.

Aunque, después de todo, ¿que le importaba eso a ella? Eso era asunto suyo. Para ella, era simplemente un hombre que la había ayudado a salir de una situación difícil. Nada más.

Excepto que no podía evitar dejar de hacer estupideces cuando estaba con él.

Ni tampoco concentrarse en nada que no fuera él, cuando no lo estaba.

Capítulo 6

KAYLA llevaba un par de días sin saber nada de Leon, cuando se presentó una mañana en casa de Philomena para llevarle unos troncos de leña.

Llevaba una camiseta blanca y uno de esos pantalones con el tiro bajo que se apoyan en las caderas en vez de en la cintura.

–¡Vaya! Veo que aún sigues vivo –exclamó Kayla, cuando él entró en el cuarto de estar después de dejar los leños apilados al lado del horno de la cocina.

–Y tú tan descarada como siempre –replicó Leonidas muy sereno.

–No creo que sea para tanto –dijo ella, impresionada por el brillo sensual de sus ojos negros–. Nos estábamos preguntando qué podría haber sido de ti.

Leon imaginó que estaba hablando en plural para no expresar abiertamente sus sentimientos.

–¿Quieres decir que me has echado de menos?

–No.

Kayla respiró aliviada al ver a Philomena saliendo discretamente del cuarto, no sin antes darle las gracias a Leon por la leña.

–En ese caso, supongo que no tendrás inconveniente en pasar el día conmigo –dijo él, malinterpretando deliberadamente su respuesta–. Philomena me dijo que querías hacer una excursión a la pequeña isla de enfrente. Dado que no hay viajes organizados, estaría encantado de llevarte.

Leon se quedó asombrado de sus propias palabras. Le había dicho a Kayla el otro día que no estaba preparado para tener una relación con ella y que trataría de mantenerse alejado.

Pero qué otra alternativa tenía. Si seguía sin verla un día más, acabaría volviéndose loco. Kayla tenía la virtud de despertar su libido como ninguna otra mujer de las que había conocido. Y la forma en que iba ahora vestida no contribuía precisamente a apaciguarlo. Llevaba unos shorts blancos que mostraban sus piernas largas y esculturales, y una blusa sin mangas de color limón que marcaba las formas de sus pechos y que tenía un escote lo suficientemente generoso como para hacerle desear ver algo más.

–Gracias, pero hoy no me apetece ir.

–Como quieras –replicó él, dándose la vuelta, orgulloso de haber salido airoso de la tentación.

–Aunque... si tuvieras un minuto...

Leon se detuvo en seco, cuando estaba en la puerta.

Se volvió, tratando de no exteriorizar el deseo irrefrenable que sentía en ese momento, pero sus ojos negros ardían con la llama del deseo.

Clavó la mirada en ella y creyó advertir esa misma pasión en sus ojos azules.

Kayla se quedó como hipnotizada por el poder magnético de su mirada.

Sintió una maraña de emociones desenredándose

dentro de ella y supo que había llegado a un punto de inflexión.

Había sido solo una mirada, un silencio y una frase inacabada, pero algo había pasado entre ellos. Había cruzado un puente, dejando a sus espaldas un territorio en llamas, y sabía que se había adentrado en un camino sin retorno.

–¡No me lo puedo creer! Pensé que me llevarías en alguna vieja barca de remos de esas de la época de los romanos –exclamó Kayla con una sonrisa, mientras se dirigían por la playa hacia un pequeño barco con motor, amarrado en un muelle de madera.

–¿De veras? –replicó él, mientras la ayudaba a subir al barco–. En contra de lo que crees, *hrisi mou*, puedo... portarme muy bien cuando las circunstancias lo exigen.

–¿Y lo exigen las circunstancias actuales? –preguntó ella con una sonrisa desafiante.

–¡Oh, sí! Ya lo creo.

Fue un día de placeres y sorpresas.

Leon dirigió el barco con suma pericia, surcando las brillantes aguas azules de la costa, a lo largo de playas y calas desiertas solo accesibles desde el mar.

Kayla aprovechó para sacar fotos de los lugares paradisíacos por los que iban pasando, así como para captar la imagen de Leon, de todas las formas posibles: al timón, concentrado y con el ceño fruncido, de perfil y de frente, hablando con ella, mientras navegaba a toda velocidad con su pelo negro de azabache ondeando al viento.

–¿No crees que ya me has sacado bastantes fotos? –preguntó él–. ¿Qué piensas hacer con ellas? ¿Colgarlas de Internet?

–No sería mala idea.

–Ni se te ocurra –dijo él en un tono hostil que le hizo estremecerse.

–Si tanto te preocupa que te saque unas fotos, destrúyelas ahora mismo –respondió ella, tendiéndole la cámara–. Te prometo que no tenía la menor intención de publicarlas en Internet, pero si tanto desconfías de mí...

Leonidas se quedó pensativo un instante. ¿Cómo podía confiar en ella cuando ni siquiera estaba siendo sincero consigo mismo?

Sintió el impulso de dejar sus recelos a un lado y decirle toda la verdad sobre quién era realmente, pero le detuvo la idea de pensar en las repercusiones que eso podría acarrearle.

Aún tenía demasiado presente el recuerdo de la mujer que lo había traicionado.

No es que pensase que Kayla fuese como aquella mercenaria del amor con la que había compartido imprudentemente un fin de semana y que tanto daño había causado a su orgullo y a su reputación. Pero sabía que su dinero y su estilo de vida despertaba la ambición de las mujeres. Su desafortunada aventura con Esmeralda, ávida de notoriedad con los medios, había sido una buena prueba de ello, y Kayla, después de todo, estaba sujeta a las mismas tentaciones. Con su ego herido, tras haber sido abandonada cruelmente por su prometido, sería para ella toda una satisfacción poder filtrar a la prensa su relación con el magnate del mundo inmobiliario que todos los periodistas andaban buscando para conseguir una exclusiva. Bastaría que enviase un mensaje de texto a su amiga Lorna para tener allí a una legión de paparazzi.

—Creo que ya es hora de que tomemos algo —dijo él con una sonrisa, guardando la cámara de fotos en el compartimento que había debajo del timón.

Almorzaron en el barco. Langosta, quesos, pan reciente y zumo de naranja natural. De postre, tomaron pasteles rellenos de frutas y nueces.

Kayla nunca había probado nada igual y disfrutó mucho de todo.

—Esto debe de haberte costado una fortuna.

—No te preocupes por eso.

—Pero alquilar un barco como este no debe de estar al alcance de cualquiera... ¡Y qué decir de la comida!

—¿Qué es lo que te preocupa, Kayla? ¿Piensas que me he gastado más de lo que podía permitirme? ¿O es que te inquieta la idea de sentirte en deuda conmigo?

—Supongo que una mezcla de las dos cosas —admitió Kayla con franqueza.

—No te preocupes. Te aseguro que no me voy a morir de hambre el resto de las vacaciones por haberte invitado. Y, en cuanto al barco, ya lo había alquilado para darme una vuelta por la isla. Así que no debes sentirte en deuda conmigo por nada.

Al cabo de unos minutos, atracaron en la isla. Era una isla maravillosa, solitaria y deshabitada. Un auténtico paraje de naturaleza salvaje, un refugio para las aves marinas y los insectos cuyos cantos se dejaban oír a través del viento cálido y el murmullo del mar cuyas olas rompían plácidamente en la orilla.

No había ninguna senda marcada. Tuvieron que subir por entre la espesa vegetación de un verde exuberante.

La ascensión resultó fatigosa, pero la sensación de libertad que sintieron al llegar a la cima les recompensó por su esfuerzo.

Era como estar en otro mundo, un mundo deshabitado en el que estaban ellos dos solos. Lo único que podía verse, en todas direcciones, era el azul intenso del cielo, maridando con el azul profundo del mar.

A lo lejos, podía verse la mole de tierra montañosa, de la que habían salido, con sus bosques y sus costas escarpadas coronadas por una masa de nubes blancas.

Había unas grandes piedras esculpidas, medio ocultas entre los matorrales y las flores silvestres. Eran los restos mudos y tristes de alguna antigua civilización perdida hacía siglos.

—Dijiste que habías venido a resolver algunos problemas —dijo Kayla—. ¿Qué clase de problemas? ¿Problemas con mujeres?

Leon estaba con un pie apoyado en uno de los sillares que habían formado parte, en otro tiempo, de un antiguo templo. El viento azotaba su pelo negro, largo y ondulado. Parecía un altivo dios mitológico, inspeccionando las tierras que pensaba conquistar.

—Entre otras cosas —dijo él, sin entrar en detalles, ni decir cuáles eran esas «otras cosas».

Kayla se alejó de él unos metros y arrancó un matojo de flores silvestres que habían brotado en una grieta de los muros del viejo templo.

Ya estaba empezando a acostumbrarse a su carácter reservado y poco comunicativo.

Se sorprendió, por tanto, cuando él rompió su mutismo, de repente, para hacerle una confidencia.

—Yo soñaba de niño con ser dueño de esta isla. Solía sentarme en aquel cerro... —dijo él, señalando un punto muy distante, casi imperceptible a través de la calima—, y me imaginaba todo lo que podría hacer aquí: una gran casa, una piscina, unos establos para los caballos...

—¿Y perros? —preguntó ella, con los ojos brillantes, dejándose llevar por su propia fantasía.

—Sí, muchos perros.

Así que le gustaban los animales, se dijo ella, contenta de saberlo.

—Aunque cuesta mucho alimentarlos. Y te da mucha pena cuando enferman o se escapan.

—Aquí, no podrían escaparse —replicó Leonidas—. Tendrían que ser muy buenos nadadores.

—¿Nunca has oído hablar de lo bien que nadan los perros con su estilo tan peculiar? —exclamó ella sonriendo—. Así que pensabas construirte una casa con una piscina y un establo para los caballos. Caballos de carreras, supongo.

—Creo que ahora eres tú la que te estás dejando llevar por tus fantasías.

—No sé. Si tenías intención de ser el propietario de esta isla y tener una casa con un montón de perros, ¿por qué no ibas a tener caballos de carreras?

—Se despeñarían por los precipicios antes de haber

corrido unos cientos de metros –respondió él secamente–. No, solo estaba rememorando los sueños de
un niño de doce años.

–Pero luego creciste...

–Sí –dijo él con tristeza.

–¿Y qué pasó?

–Mi madre murió cuando yo tenía catorce años.
Y, poco después, mi abuelo. Mi padre y yo nunca nos
llevamos bien.

–¿Por qué? –preguntó ella.

–¿Por qué no nos llevamos bien con ciertas personas, especialmente con aquellas con las que se supone que deberíamos estar más unidos? ¿Por diferen-
cia de caracteres? No lo creo. Mi padre y yo éramos
muy parecidos. ¿Por qué, por ejemplo, no te llevabas
tú bien con tu madre?

Kayla se quedó un instante pensativa, mientras
observaba a un lagarto escondiéndose a toda velocidad por entre las piedras.

–Supongo que por una mezcla de esas cosas –admitió ella, y luego añadió para cambiar de conversación–: ¿Por qué no me dibujas un esquema de la casa
que tenías proyectada?

–No.

–¿Por qué no?

Ella lo había visto tomar notas y garabatear en la
libreta cuando había estado esperándola en la camioneta esa mañana.

–No es eso a lo que me dedico –replicó Leonidas.

«¡Ningún hijo mío va a deshonrar el nombre Vassalio pintando para ganarse la vida!».

Leonidas podía oír aún la voz de su padre ridiculizando su talento y su amor por la pintura, rompiendo sus dibujos de adolescente y, con ellos, la creatividad que llevaba en el alma.

El arte era un sentimiento y los sentimientos eran un síntoma de debilidad. Eso era lo que su padre le había inculcado. Ningún Vassalio había sido nunca un hombre débil, decía él.

Por eso, Leonidas había canalizado sus energías en crear nuevos mundos con bloques de ladrillo y hormigón. Proyectos que le habían hecho millonario al margen de sus sueños. Y, con el dinero, había llegado todo lo demás. La influencia, el poder, el respeto y las mujeres. Muchas mujeres. Pero todas se habían arrimado a él solo por su dinero. Y, tal vez, por el placer de acostarse con él. Eso era lo único de lo que podía sentirse orgulloso, se dijo él con amargura.

—¿Y qué me dices de ti, Kayla? ¿No tenías ninguna aspiración en la vida?

—Supongo que sí, pero no como la tuya. Siempre he sido muy realista. Me enseñaron desde niña que la mejor forma de no sentirse decepcionada en la vida es no esperar nada de ella.

—¿No has tenido entonces ningún sueño?

—Por supuesto que sí, pero nunca he ambicionado la Luna, sino cosas que pudieran estar a mi alcance.

—¿Y no crees que se puede alcanzar cualquier cosa si se salta lo bastante alto?

—Cuando uno salta demasiado alto, suele caerse de bruces. De todos modos, tú no eres quién para hablar. Ni siquiera tienes un trabajo estable.

—Me las arreglo.

–Pero no tienes un empleo que te ofrezca una seguridad ni te permita desarrollar tu talento.

–¿Y por qué crees que puede ser tan importante para mí desarrollar mi «talento»? –preguntó él, mirándola con sus ojos inescrutables.

–Porque todo el mundo necesita tener un objetivo o una meta en la vida.

–¿Y cuál es tu meta, *glykia mou*?

–Ser feliz.

–¿Y cómo te propones alcanzar esa felicidad?

–Siendo fiel a mí misma, sin tratar de ser lo que no soy. Por ejemplo, gozando de la naturaleza, como ahora. O formando una familia y teniendo hijos. Y animales, muchos animales.

–¿Esas son todas tus aspiraciones? ¿Crear un hogar y tener hijos?

–Es mejor que ser un vagabundo sin ambiciones –replicó ella, consciente de que tal vez se estaba pasando de la raya, pero incapaz de controlarse.

–¿Crees que no tengo ninguna ambición?

–¿La tienes? –dijo ella con aire desafiante, consciente de que no tenía derecho a hacerle una pregunta así, pero molesta por la idea de que él se hubiera burlado de sus valores.

–Te sorprenderías. Pero sigamos tu juego, ¿qué tipo de trabajo se te ocurre que podría despertar mi ambición?

–Se te dan bien los coches –respondió ella–. Podrías ser mecánico. Podrías tener incluso tu propio negocio. Con los precios que los talleres cobran hoy en día por una reparación, podrías llevar una vida muy desahogada.

–Si fuera mecánico, no tendría tiempo para venir a lugares como este... Y no te habría conocido.

Kayla vio una expresión de deseo en sus ojos. Era el mismo deseo que ella había sentido por él desde que se habían conocido y que ahora estaba cobrando aún más fuerza a pesar de sus intentos por disimularlo.

–Podrías ahorrar lo suficiente para comprar tu propio taller y ponerlo a cargo de un gerente. Así podrías tener más tiempo libre.

–¿Crees que es tan fácil? Pides una hipoteca al banco y ¡zas!, ya eres rico. No es así como funcionan las cosas, Kayla.

–¿Cómo lo sabes si nunca lo has intentado? De todos modos, era solo una sugerencia. Se necesita también mucha iniciativa y decisión.

Él se echó a reír.

–Y supongo que eso es lo que crees que a mí me falta, ¿verdad?

–Yo no he dicho eso. Solo estaba tratando de ayudarte.

–Y te lo agradezco. Pero no me hacen falta ese tipo de ayudas.

–Como quieras –dijo ella, apartándose de las ruinas del antiguo templo y dirigiéndose a toda carrera hacia una pradera poblada de helechos y arbustos salvajes.

Leon no tuvo la menor dificultad en seguirla.

–Pareces arrepentida. O tal vez escarmentada –dijo él con una sonrisa, agarrándole la mano mientras le miraba la boca con sus ojos negros iluminados por el deseo.

–Eres muy perspicaz. Para ser un hombre sin ambición, te crees muy capaz de conseguir lo que deseas.

–Puedes estar segura de ello. En cuanto a mi falta de ambición, te sorprenderías si yo te contase... Pero lo que seguramente no te sorprenderá es saber que mi mayor ambición es sentirte debajo de mí, *agape mou,* saborear de nuevo tus dulces labios y hacerte el amor lentamente hasta oírte gritar mi nombre. Y creo que eso es lo que tú también estás deseando.

Ella quiso protestar, pero comprendió que sería inútil.

Ya se estaba derritiendo de deseo cuando Leon acercó su boca a la suya.

Ella respondió a su beso con entrega y pasión, rodeándole el cuello con los brazos y atrayéndolo hacia sí como temiendo que pudiera escapar.

Fue un beso cálido y apasionado, pero que solo consiguió avivar aún más su deseo.

Con las bocas enlazadas, se dejaron caer al suelo, hundiéndose en la hierba.

Entonces él hizo lo que había estado deseando desde que había llegado a la casa de Philomena esa mañana: abrirle la blusa.

Soltó un gemido de satisfacción al ver el sujetador de encaje de color pálido.

Deslizó un dedo dentro, deleitándose con el calor y la suavidad de su piel, y luego le desabrochó el sujetador liberando uno de sus pequeños pero turgentes pechos que parecían hechos a media de su mano.

Preso de una gran excitación, acarició su areola rosa pálido.

Ella arqueó la espalda y gimió de placer al sentir cómo su pezón se endurecía y agrandaba al contacto de sus caricias. Luego, cuando él, cediendo a su deseo, inclinó la cabeza y le lamió el pezón con la lengua, ella sintió como si gravitara por encima de las nubes.

No había nada ni nadie alrededor, solo el murmullo de las olas del mar y el viento que agitaba su pelo dorado, invitando a Leon a tocarlo y acariciarlo, a perderse en su perfume.

Leon siguió besándole los pechos y el cuello hasta culminar su erótico recorrido en los labios carnosos de su boca.

–Leon...

Kayla susurró su nombre con un tono de entrega que él nunca había oído hasta entonces.

Salvo Philomena, nadie le llamaba Leon. En Atenas, en Londres y en todos los lugares donde desarrollaba sus negocios, se le conocía como Leonidas. Leonidas Vassalio, el empresario implacable y despiadado.

Cuando ella casi le desgarró la camisa, él emitió un profundo gemido gutural al sentir la calidez de sus manos acariciando su torso desnudo y luego deslizándose hacia abajo. Cada vez más.

Contuvo el aliento, con todos sus nervios en tensión, cuando ella le tocó por dentro de los pantalones.

Sintió que estaba perdido y fuera de control.

Tenía que poner fin a esa locura y decirle quién era realmente. No sería digno de él seguir con aquello sin que ella lo supiera.

Pero, al darse cuenta de sus vacilaciones, ella le pidió que siguiera, y sus gemidos de deseo pudieron más que sus buenas intenciones.

Trató de justificarse, pensando que, si le revelaba su verdadera identidad, ella se enfadaría y se rompería la magia del momento.

Llevado por su excitación, le quitó los shorts y las bragas y las tiró a un lado.

Era una mujer muy hermosa. Una rubia natural, se dijo él con una sonrisa de satisfacción, mientras ella abría las piernas para él y arqueaba el cuerpo en una invitación explícita.

Sería tan fácil, pensó Leonidas, desnudarse y tomar, en ese mismo instante, todo lo que ella le ofrecía para calmar el fuego que le ardía entre los muslos... Bastaría un solo empuje para llevarlo al paraíso...

Estaba más caliente y excitado de lo que nunca había estado en su vida.

Pero, a pesar de ello, le quedaba un asomo de cordura y sensatez.

No podía hacerlo. No podía abusar así de su candidez. No podía engañarla. Pero la veía gimiendo de deseo y él también quería liberar la pasión que ella había desatado en él.

Kayla estaba tumbada boca arriba en la hierba con la cara vuelta hacia un lado y los brazos por encima de la cabeza en un gesto de total entrega y abandono. Parecía un ángel, pensó él, invitándolo a compartir el cielo con ella. O, tal vez, Eva, tentándolo en una de las praderas del jardín del Edén.

Con suma delicada, Leon deslizó la boca por su estómago y su vientre. Y siguió bajando... Le separó las piernas un poco más y le agarró los muslos con las manos.

Ella soltó un grito ahogado pero estremecedor al sentir su boca en el centro mismo de su feminidad. Su pelo negro y ondulado frotaba la piel sensible de la cara interior de sus muslos, estimulando aún más su deseo hasta llevarlo a límites que ella nunca había imaginado.

Demostraba ser un amante experto. Sabía exactamente dónde y cómo tocarla, usando los labios y el calor de su lengua para provocar un fuego dentro de ella con sus caricias.

Kayla estaba casi sin aliento. Creyó morir de placer, con todo su cuerpo en tensión y las terminaciones nerviosas de sus muslos hipersensibilizadas, a la espera de la penetración final.

Su cuerpo segregaba jugos que se mezclaban con el sudor de su cara.

Sintió unas convulsiones incontroladas y un fuego consumiéndola por dentro al llegar a los albores del orgasmo.

Cuando no pudo soportar ya tanto placer, apretó los muslos con fuerza alrededor de su cara en un éxtasis de liberación.

Permaneció así hasta que los últimos rescoldos del fuego que él había encendido se extinguieron por completo.

Al cabo de un rato, alzó la vista y lo miró fijamente. Leon estaba a su lado, apoyado sobre un codo.

—¿Por qué no...?

No se atrevió a terminar la pregunta. A pesar del momento tan íntimo que acaban de compartir, le avergonzaba decir ciertas cosas.

Leonidas se inclinó hacia ella y le acarició la mejilla.

—Porque creo que no estás preparada para esto y mañana me sentiría a disgusto conmigo mismo.

Kayla se dio cuenta de que estaba desnuda mientras él estaba completamente vestido.

—Si lo dices porque crees que aún no me he recuperado de mi desengaño, te equivocas —dijo ella, mientras se ponía las bragas.

Quizá Leon tenía otras razones para no haber querido hacer el amor con ella. Tal vez deseaba ser fiel a alguien, pensó ella con preocupación. A alguna mujer capaz de despertar en él el deseo y la pasión que ella no había...

—¿La has traído aquí? —preguntó Kayla, poniéndose la blusa, sin atreverse a mirarlo a los ojos.

—¿A quién?

—¿A esa mujer de la que no quieres hablar?

Él se echó a reír. Y su risa cálida y profunda se mezcló con el zumbido de los insectos y el melifluo canto de los pájaros.

—Creo que tienes demasiada imaginación.

—No tanta como tú, con tu mansión y tus caballos de carreras —replicó ella, poniéndose los shorts.

—No, no. Lo de los caballos de carreras fue idea tuya —dijo él sin perder la sonrisa—. Pero dejemos esto, creo que ya es hora de que volvamos.

—Lo digo en serio —replicó ella, no queriendo dejar el asunto por zanjado y deseando saber si había alguna otra mujer en su vida.

—Yo también.

CADA vez que Leonidas lo recordaba, no lograba entender cómo había sido capaz de no hacer el amor con Kayla esa tarde, a pesar de lo mucho que la deseaba. Pero no había querido engañarla, estando con ella sin decirle quién era realmente.

Había ido a la isla con la intención de estar solo, descansar y olvidarse de los problemas. No a tener sexo con una chica ingenua, haciéndole creer que estaba con un hombre muy diferente del que era. Él no era un vagabundo. Podía permitirse el lujo de comprar aquella isla y una docena como esa, si quería.

Tenía la sensación de haberse entregado a aquel juego de fantasías de su infancia. Y había disfrutado con ello. Pero, en el mundo en el que se movía, no había lugar para fantasías ni sueños. Solo cifras y datos duros y fríos. Asegurar los proyectos y cerrar los negocios con beneficios. Esa era su vida.

Hasta ahora, sin embargo, no se había dado cuenta de cuánto tiempo había dejado sus sueños enterrados en el olvido. Primero por su padre y luego por sus propias responsabilidades. Había estado tan ocupado, ganando dinero y acumulando beneficios en los últimos diez años, que no había tenido tiempo de preguntarse dónde habían ido a parar sus sueños. Y ahora una jovencita inexperta había ido a despertarlos, haciéndole cuestionarse el sentido de su vida. Estaba molesto consigo mismo por haberle permitido meterse en su piel hasta ese extremo.

No podía seguir así. Tenía que sincerarse con ella en algún momento o poner fin a su relación antes de que las cosas fueran más lejos. Sin embargo, ninguna de las dos opciones eran de su agrado.

Llegó, sin embargo, a la conclusión de que lo mejor sería decirle la verdad. Aunque imaginaba la reacción que ella tendría al enterarse de...

Cuando Leon no hizo acto de presencia aquel día, ni a la mañana siguiente, Kayla propuso a Philomena ir a llevarle unos panes que acababa de sacar del horno.

Había estado todo el tiempo pensando en él. Cada vez que lo comparaba con Craig, no acertaba a entender lo que podría haber visto en su ex.

Leon era diferente, se dijo ella, aún con los pezones endurecidos y un extraño picor entre las piernas, al recordar sus caricias. Con ningún hombre había sentido lo mismo que con él.

¡Lo deseaba tanto!

Y era evidente que él también la deseaba.

Cuando llegó a la granja, el corazón le dio un vuelco al ver la camioneta en la puerta.

¡Él estaba en casa!

Se preguntó si no estaba siendo demasiado pretenciosa yendo allí. Tal vez él no quisiera verla.

Se dirigió a la parte de atrás donde había una puerta de cristal en muy mal estado.

Llamó a Leon por su nombre pero no obtuvo respuesta. Entró con cautela, anunciando su presencia.

Miró en el cuarto de estar y en la cocina. Pero nada. No se le veía por ninguna parte.

Tal vez se hubiera ido a dar un paseo, pensó ella, sin saber qué hacer.

Cuando se disponía a echar un vistazo fuera, oyó un ruido repentino en el piso de arriba.

Dejó la bolsa del pan sobre un viejo baúl de pino que había junto a la puerta.

Volvió a llamar a Leon en voz alta y, al no recibir respuesta, decidió subir las escaleras.

La habitación estaba en penumbra, con las persianas bajadas, pero pudo ver a Leon acostado y con cara somnolienta, buscando algo a tientas en el suelo.

Kayla se acercó, recogió el reloj del suelo y lo puso en la mesilla de noche.

–¿Estás bien? –preguntó ella, sabiendo lo temprano que se levantaba habitualmente.

Eran ya más de las diez. Estaba claro que lo había despertado. Seguramente, la había oído llamándolo desde abajo, había alargado la mano hacia la mesita para ver qué hora era y había tirado el reloj al suelo.

–Debe de haberse roto –dijo él, con el pelo revuelto, pasándose la mano por la cara sin afeitar–. ¿Qué estás haciendo aquí?

–Te he traído algo de pan –respondió Kayla con nerviosismo, imaginando que estaría probablemente desnudo bajo las sábanas–. ¿No te alegra verme?

–¿Tú qué crees? –dijo él, remarcando las palabras,

consciente de la respuesta incontrolada de su anatomía.

Ella sintió un intenso rubor en las mejillas, pero fue incapaz de apartar la mirada de la poderosa erección que se marcaba bajo las sábanas.

Llevada por un impulso más fuerte que su sensatez, se echó en la cama junto a él.

—Sí, parece que estás muy contento —susurró Kayla, acariciándole el pecho con los labios y con la sedosa melena de su hermoso pelo rubio, mientras arrimaba las caderas a su cintura por entre las sábanas.

—¿A qué has venido? —preguntó él, dejando escapar un suspiro de deseo.

—Pensé que debíamos terminar lo que dejamos el otro día a medias —contestó ella, recorriendo su vientre con la boca.

No sabía de dónde había sacado el valor necesario para hacer lo que estaba haciendo. Pero su instinto le decía que él debía de ser un hombre al que le gustaban las mujeres atrevidas y seguras de sí mismas, no las mojigatas que se lamían las heridas del desengaño de su relación anterior.

—Cierra los ojos —ordenó ella en voz baja, quitándose las bragas sin que él lo viera.

El corazón de Leonidas pareció detenerse por un instante para luego volver a latir con más fuerza cuando ella se sentó a horcajadas sobre él.

Llevaba un top blanco con un falda roja bastante corta que se le subió por encima de los muslos.

—¡Kayla! ¡Para! —exclamó él, al darse cuenta de que no llevaba nada debajo de la falda.

—¿Por qué? ¿Es demasiado temprano para ti? —dijo

ella con una sonrisa provocadora, pero pesando si no estaba llevando las cosas demasiado lejos.

¿No le gustaba acaso que una mujer llevara la iniciativa?

Sintió cómo él se estremecía al sentir su cuerpo deslizándose sobre el suyo mientras la humedad de su sexo parecía refrescar su piel abrasadora.

–¡Maldita sea! –exclamó él, con la respiración entrecortada.

¡Tenía que parar aquello! Pero creyó perder el sentido al sentir la suavidad de sus labios y su lengua acariciando su virilidad dura y anhelante.

Nunca se había sentido tan impotente y, sin embargo, a la vez tan excitado. Su cuerpo era un templo de placer al que aquella diosa tan seductora parecía estar adorando.

Sintió que su tamaño aumentaba y se volvía como un tubo de acero candente. Su cuerpo estaba tenso como un arco, conteniendo la flecha flamante que necesitaba liberar antes de que se consumiese en aquel infierno abrasador.

Trató de contenerse, poniendo en juego toda su capacidad de autocontrol. Pero justo cuando pensaba que podía ganar la batalla, ella corrigió ligeramente su posición encima de él para permitir que su miembro entrara dentro de ella.

Él trató de retroceder, pero sintió que no le quedaban fuerzas más que para dejarse llevar y sentir el calor de su sexo frotando suavemente contra el suyo.

Kayla lo miró fijamente a los ojos, mientras seguía cabalgando sobre él, para ver la agonía de placer dibujada en sus párpados semicerrados.

Lo vio vulnerable por vez primera vez y se sintió más femenina y poderosa que nunca. Ella llevaba el control, marcando el ritmo y la profundidad de cada empuje.

De repente, escuchó un gemido gutural y sintió a Leon aferrándose a sus caderas y empujando con una fuerza salvaje.

La intensidad de la penetración arrancó un grito de éxtasis de sus labios. Sintió la explosión de su semen derramándose dentro de ella y llevándola al clímax de forma casi inmediata.

Jadeando y con la respiración entrecortada, se dejó caer sobre su pecho sudoroso y luego se echó a un lado.

–¿A qué ha venido esto? –preguntó él cuando recobró el aliento.

–¿No te ha gustado?

–¡Por supuesto que sí! Pero, en este momento, no sé si aplaudirte por tu iniciativa o darte unos azotes y mandarte a casa con Philomena.

–¿Por qué? ¿Acaso los griegos tenéis que ser siempre los que llevéis la iniciativa? –exclamó ella, empezando a sentirse herida y avergonzada.

–No. Creo que debe llevarla el que asume la responsabilidad de lo que se está haciendo. ¿Hay alguna posibilidad de que puedas quedarte embarazada?

–¡Por supuesto que no! ¡No soy tan estúpida!

No creyó necesario añadir que estaba tomando la píldora. Había intentado dejarla después de su ruptura con Craig, pero sus períodos habían sido tan irregulares que el médico le había recomendado que siguiera tomándola hasta que recuperase el equilibrio emocional.

—¿Y ahora qué? –preguntó Leonidas.

—¿Qué quieres decir? –replicó ella, tratando de encontrar en sus ojos azules alguna muestra de la ternura y vulnerabilidad que había demostrado mientras hacían el amor.

—Podemos decir que ya somos amantes y, sin embargo, ni siquiera sabes quién soy –dijo él, pensando que debía corregir cuanto antes esa situación.

—Sé todo lo que necesito saber de ti –replicó ella, acariciándole suavemente el pecho con los labios y deslizando una mano por entre sus muslos.

—Estoy hablando en serio, Kayla. No creo que seas de ese tipo de chicas que pueden estar con un hombre sin saber quién es y sin pedirle un mínimo de compromiso.

—No te estoy pidiendo nada. ¡Lo siento si te he ofendido! –exclamó ella, dispuesta a marcharse.

Leon trató de retenerla, pero ella se soltó de su mano con firmeza.

—¡Kayla! ¡Kayla! ¡Vuelve aquí!

Con el orgullo herido, ella entró en el cuarto de baño, tratando de poner en orden sus sentimientos y marcharse de allí lo antes posible.

Molesto consigo mismo, Leonidas se dejó caer sobre la almohada.

No había sido su intención herirla con sus palabras. Había intentado explicarle lo que debería haberle contado el primer día, pero sabía que ahora todo iba a resultar más complicado.

La deseaba con toda su alma. Se había pasado

toda la noche pensando en ella, sin poder concentrase en los planos...

¡Los planos! ¡Maldita sea! Había dejado todos los documentos de trabajo esparcidos por la mesa de la cocina, junto al ordenador portátil. ¡Constituían una prueba evidente de su identidad!

Se levantó como un rayo de la cama al verla salir del cuarto de baño.

–¡Kayla, ven aquí!

El tono autoritario de su voz habría acobardado a cualquiera, pero ella se acercó a la cama y apartó las sábanas, con el ceño fruncido, sin prestarle atención.

–¿Estás buscando algo? –preguntó él.

Kayla vio que Leon tenía sus bragas rojas en la mano. Forcejeó con él para quitárselas, pero solo logró caer en la cama sobre su cuerpo inquietantemente masculino.

–No me ofendiste, Kayla. Estuviste maravillosa. Ahora, quédate en la cama. Quiero hablar contigo –dijo él, deslizando las manos por debajo de su falda y acariciando sus nalgas suaves y tersas.

Kayla soltó un gemido. Su enfado pareció desvanecerse como por encanto. Se sentía muy sexy sin las bragas, pero también terriblemente débil y vulnerable, viendo la facilidad con que él era capaz de doblegar su voluntad.

Tenía la sospecha de que lo que iba a decirle no iba a gustarla.

En un momento de descuido, consiguió zafarse de su brazos y apoderarse de las bragas.

–Hablaremos mejor con una taza de café –replicó ella, saliendo de la habitación entre risas.

–¡Kayla, ven aquí!

Ella estaba ya en el hall, poniéndose las bragas junto a la puerta de la cocina, cuando el bajó corriendo las escaleras, abrochándose la bata.

–¿Por qué no te sientas para que podamos hablar tranquilamente? –dijo él, tomando la bolsa del pan que ella había dejado sobre el baúl de la entrada–. Yo haré el café mientras tanto.

–Está bien. Te haré compañía en la cocina mientras lo preparas.

–No. Tú quédate en el cuarto de estar –dijo él, en un último intento por evitar que ella viera sus papeles.

–¿Desde cuándo te ha entrado esa manía de darme tantas órdenes?

–Desde que pensé que estabas tratando de provocarme –dijo él, acercándose a ella y besándola con pasión.

Vio de soslayo los documentos que había sobre la mesa. Tenía que evitar a toda costa que entrara en la cocina, antes de que hablara con ella para contárselo todo.

–Kayla...

Ella sintió que los huesos se le hacían gelatina al oír su nombre pronunciado de esa manera. Se acurrucó contra su pecho parcialmente desnudo bajo la abertura de su bata negra de satén. Su piel olía a gel de baño mezclado con algún tipo de almizcle sensual.

–Tu cuerpo debería estar censurado, o, al menos, clasificado X –dijo ella, ronroneando, pasando la lengua por su piel desnuda en una provocadora caricia.

Leonidas contuvo el aliento. No sabía qué poderes

podía tener esa mujer para hechizarlo de esa manera. Sentía deseos de arrancarle las bragas, tumbarla allí mismo en el suelo de mármol y disfrutar del placer de tenerla debajo, llevando él ahora la iniciativa.

¡Pero antes tenía que apartarla de allí!

La besó, poniendo en juego toda su experiencia, e intentó distraerla lo suficiente para ponerla de espaldas a la cocina.

Se besaron largamente, girando uno alrededor del otro, como si estuvieran bailando, hasta que tuvieron que parar para darse un respiro.

Kayla apoyó entonces la cabeza sobre su hombro.

–¿Qué es eso? –exclamó ella sorprendida.

Leonidas sintió un escalofrío al comprender la situación. Con tantos besos y giros, ella se había quedado de cara a la cocina y estaba mirando los planos que él había dejado en un caballete. Sintió que todo estaba perdido cuando ella se soltó de sus brazos y entró en la cocina.

–¿Qué es esto? –volvió a preguntar ella, mirando sucesivamente el caballete, los documentos de la mesa y el maletín de ejecutivo que había en el suelo–. ¿Es algo en lo que estás trabajando? Parecen los planos de una construcción...

–Kayla, puedo explicártelo –dijo él, acercándose a ella.

–¿Explicarme? ¿Explicarme qué?

Aquellos documentos tenían el aspecto de ser parte de un gran proyecto. Al acercarse un poco más a la mesa, pudo ver que todos tenían el sello del Grupo Vassalio.

No entendía cómo aquella cocina tan rústica se

había convertido en el estudio de un ejecutivo y por qué Leon tenía ahora la cara tan seria.

Se hizo un largo y tenso silencio que vino a romper el sonido de un teléfono.

Leon sacó el móvil del bolsillo de la bata y contestó a la llamada.

–Vassalio.

Kayla sintió como si se le hubiera caído una venda de los ojos que la hubiera tenido ciega todo ese tiempo.

Vassalio. Leonidas Vassalio. Conocía ese nombre. Lo había oído a menudo en los medios de comunicación y había visto el logotipo de la empresa inmobiliaria en multitud de vallas publicitarias y anuncios de televisión.

–Me has mentido –exclamó ella cuando él colgó–. Me has estado mintiendo desde que llegué aquí.

–Digamos que no te dije toda la verdad. La mayor parte de lo que tú probablemente entiendes por mentiras han sido solo suposiciones tuyas.

–¡Claro! También fueron suposiciones mías creer que sabía con quién estaba haciendo el amor hace un rato, ¿verdad? ¿Cómo fuiste capaz?

–No me dejaste muchas opciones.

–¡Podrías haberme parado en cualquier momento si hubieras querido!

–¿Crees acaso que soy un superhombre? Ningún hombre que se precie podría resistirse si se despertase una mañana y viese en su cama a una diosa del sexo sin bragas. Por si te sirve de algo, te diré que no tenía intención de que las cosas fueran tan lejos. ¿Por qué crees si no que corté cuando estábamos besándonos el otro día en la isla?

–Porque te resultaba más divertido engañarme y seducirme.

–Eso no es cierto.

–¿Ah, no? ¿Y qué me dices de lo de ahora? Estabas dispuesto a hacerme el amor de nuevo.

–No. Solo estaba tratando de que te fueras al cuarto de estar y poder contártelo todo tranquilamente sin llegar a esta situación tan desagradable en que nos hallamos ahora.

–Quieres decir en vez de que descubriese por mí misma lo mentiroso y despreciable que eres, ¿verdad?

–Está bien. Me lo merezco. Te pido disculpas por no habértelo dicho antes. Pero yo tampoco sabía quién eras tú cuando llegaste. Cuando te vi sacándome aquella foto, pensé que podías ser una reportera en busca de una exclusiva. Vine a este lugar para estar alejado de todos esos paparazzi que han estado persiguiéndome todo el año. Aparte de eso, me agradaba estar con alguien que no se interesase por mí solo por mi dinero.

–¡Así que me utilizaste solo para divertirte! ¡Qué engañada me tenías! ¡Un albañil! ¡Cómo debes de haberte reído de mí!

–Eso fue lo que tú pensaste. Yo solo te dije que trabajaba en la construcción. Y, como puedes ver –dijo él, señalando los planos del caballete–, no te mentí.

–¡Pero dejaste que lo pensara! ¡Eso es aún peor que una mentira! ¡Eso es una...

–¡Basta ya, Kayla! Ya te he dicho que lo siento, ¿no?

–¿Y crees que con eso está ya todo arreglado? ¡Cuánto honor! ¡El todopoderoso Leonidas Vassalio se ha disculpado! –exclamó ella con una amarga sonrisa.

–No, ya sé que eso no es suficiente. Sabía que tenía que decírtelo antes o después.

–¿De veras? ¿Y cuándo pensabas hacerlo? ¿Después de hacer el amor de nuevo?

–¡Kayla! ¡Ya está bien! –exclamó él, acercándose a ella.

–¿Cómo te imaginabas que reaccionaría? –dijo ella, retrocediendo unos pasos–. ¿Dándote las gracias?

–Eso es por lo que no me atreví a decírtelo. No quería hacerte daño.

–No me habrías hecho daño, Leon... ¿Puedo seguir llamándote así o debo llamarte Leonidas a partir de ahora? De haber sabido quién eras, ni siquiera se me habría ocurrido acercarme a ti y mucho menos tocarte.

–Kayla... Aún sigo siendo el mismo hombre al que volviste loco hace unos minutos en la cama –dijo él, haciendo un nuevo intento por acercarse a ella.

Kayla volvió a retroceder, derribando la silla que había junto a la mesa y tirando al suelo algunos planos y documentos.

–¡No, no lo eres! Eres tan despreciable como la mayoría de los ejecutivos que conocí en mi empresa. O incluso peor. ¡Y pensar que estuve tratando de darte consejos sobre tu trabajo! ¡Qué estúpida fui!

–Fue un detalle adorable por tu parte –dijo él sinceramente sin ninguna ironía.

–¡No me toques! –exclamó ella, al verlo dar un nuevo paso hacia ella–. Sabes exactamente lo que pienso de los hombres como tú.

–Creo que los dos nos hemos equivocado. Tú, por tomártelo todo al pie de la letra, y yo, por pensar que podría disfrutar a tu lado sin que supieras quién era. Deseaba creer que mi nombre y mi dinero no eran lo único por lo que una mujer podía interesarme por mí.

–Déjame. No quiero oírte más mentiras.

Era un hombre despiadado y sin escrúpulos, que se creía superior a los demás. Ahora sabía que era cierto lo que había oído sobre Leonidas Vassalio. Recordó a Esmeralda Leigh, la famosa modelo y actriz americana. Ella era la que había dicho a la prensa que era un hombre sin escrúpulos cuando le había exigido la prueba de paternidad de su hijo y él se había negado a hacérsela. Las revistas habían publicado una foto de él saliendo de su empresa y otra de Esmeralda a todo color en el salón de su lujosa residencia en Mayfair.

–Esmeralda tenía razón. ¡Eres un hombre sin escrúpulos!

–Si hubieras leído la sentencia judicial, sabrías que todo fue invención suya. Sus demandas eran completamente falsas, como quedó demostrado.

Kayla comprendía ahora lo que él había querido decirle aquel día en la granja con aquello de: «¿Piensas ponerme tú también una demanda?».

–Por eso estuviste tan grosero conmigo cuando nos conocimos. Tenías miedo de que, si llegaba a saber quién eras, intentara quedarme embarazada para asegurarme un futuro cómodo a tu costa, ¿verdad?

Eres repugnante. Puedes meterte tu dinero donde...
Para mí, la sinceridad y la integridad tienen mucho
más valor que todo el dinero del mundo. Es posible
que no juegue en tu liga, pero puedo llevar la cabeza
bien alta. No oculto nada, todo lo que ves en mí es
auténtico. Pero creo que eso es algo que no entende-
rías ni aunque estuviera grabado en los muros de uno
esos engendros de hormigón que haces. Por lo que a
mí respecta, señor Vassalio, espero no volver a verlo
nunca más.

Capítulo 8

YASMIN Young, la madre de Kayla estaba preparándole el desayuno cuando ella bajó. Era una mujer de cuarenta y cinco años con el pelo teñido de rubio.

–Tenía la esperanza de que te sintieses mejor después de pasar unos días en Grecia –dijo su madre–. Pero te encuentro aún más desmejorada que antes. Apenas comes nada desde que has vuelto. Estás demasiado delgada. Pareces una sombra de ti misma. Cometiste una insensatez acortando tus vacaciones. Ya te dije que no valía la pena que perdieras el tiempo con él. Ni con él ni con ningún hombre. Todos son iguales.

Yasmin se estaba refiriendo evidentemente a Craig, ya que Kayla no le había contado nada sobre Leon desde que había vuelto a Londres aquella mañana lluviosa de mediados de mayo. Pero sus consejos podrían aplicarse a él igualmente, se dijo Kayla.

–Lo sé –respondió ella, con una sonrisa forzada, sirviéndose una taza de café, mientras miraba el reloj–. ¡Uy! Será mejor que me vaya si no quiero llegar tarde –exclamó, saliendo por la puerta sin terminar siquiera el café.

Al menos tenía un trabajo que le permitía no tener que depender de su madre, se dijo ella para darse ánimos, mientras se incorporaba al tráfico camino de la oficina. Tenía un empleo en Kendon Interiors, la empresa de diseño de interiores de Lorna y Josh. Y prometía ser duradero si conseguían el contrato que llevaban esperando varias semanas.

Su cliente potencial era Havens Exclusive, una compañía inmobiliaria, dirigida al segmento más caro del mercado.

Sí, tenía un buen trabajo. Y además de gustarle lo que hacía, le ayudaba a olvidarse de Leonidas.

No había vuelto a saber nada de él desde la mañana que se presentó en su granja con el pan.

Había abandonado la isla ese mismo día tras despedirse de Philomena, aprovechando el último ferry.

Philomena había tratado de disculparle, diciendo que era un buen hombre, pero hombre al fin y al cabo. Sin embargo, después de seis semanas, aún le dolía su traición.

No quería ni recordar su cara. ¡No lo necesitaba, ni lo deseaba! ¡Nunca más volvería a ser tan ingenua como para dejar que otro hombre la engañara!

Pero, entonces, ¿por qué tenía que hacer tantos esfuerzos para no pensar en él? ¿Por qué se sentía tan triste y deprimida ante la idea de no volver a verlo?

Afortunadamente, el bullicio de la oficina le ayudó a alejar esos pensamientos.

Un grupo de directivos de Havens iba a reunirse con Josh y Lorna al día siguiente.

Lorna le había dicho que iba a ser una simple inspección rutinaria para cerrar el acuerdo, dado que Havens ya había analizado previamente las cifras de la empresa con todo detalle.

Lorna era rubia y menuda, como Kayla, Por eso, a veces, la gente las tomaban por hermanas. Kayla estuvo trabajando hasta muy tarde, preparando la reunión.

Se disponía ya a regresar a casa cuando sonó su teléfono.

–Hola, Kayla.

Se quedó como paralizada al reconocer la voz de Leonidas Vassalio al otro lado de la línea.

–¿Cómo me has localizado? –respondió ella, dándose cuenta en seguida de lo estúpido de su pregunta.

Un hombre con su dinero y su influencia tendría medios más que suficientes para averiguar su dirección.

–¿Cómo estás?

Kayla se levantó para cerrar la puerta del despacho. No había contado a nadie, ni siquiera a Lorna, su relación con Leon y tampoco se sentía con ánimos para hacerlo ahora.

–¿Qué quieres?

–Me gustaría verte.

–¿Por qué?

–¿No te parece lógico, después de la forma en que me dejaste?

–¿Qué esperabas que hiciera? ¿Que me quedara allí para que siguieras riéndote de mí?

–Esa no fue nunca mi intención –respondió él con voz dulce y cariñosa–, pero comprendo que estés aún enfadada conmigo...

–¿Qué te hace pensar eso? –exclamó ella con una sonrisa nerviosa.

–Dejemos ya eso... Me gustaría cenar contigo esta noche.

–¿Por qué?

–Tenemos que hablar de algunas cosas –respondió él muy sereno.

–¿Quieres disculparte acaso por haber hecho el amor conmigo con una falsa identidad, pensando que no me enfadaría cuando descubriera quién eras realmente? Eres un perfecto idiota si crees que voy a ir contigo a ninguna parte después de lo que me hiciste.

–¿Es eso todo lo que tienes que decirme?

–¿Aún quieres oír más? –exclamó ella, reprimiendo las lágrimas–. Podría estar diciéndote cosas toda la noche.

El resentimiento le servía de antídoto frente al dolor que sentía por su orgullo herido.

–Está bien, Kayla –replicó él con resignación–. Ya tendremos ocasión de vernos en otras circunstancias.

Kayla acudió temprano a la oficina a la mañana siguiente. Tenía que preparar la sala de conferencias con vistas a la importante reunión que iba a celebrarse.

Había dormido muy poco pensando en Leonidas, pero trató de ocultar su cansancio poniendo su mejor cara mientras colocaba los bolígrafos, los blocs de notas, los vasos y las botellas de agua en cada uno de los sitios de la larga mesa de la sala, en cuyo centro había un ramo de flores recién cortadas.

Su amiga Lorna estaba muy nerviosa. Sabía lo mucho que se jugaban ese día.

Kayla le dijo que se tranquilizase haciendo unas

cuantas respiraciones profundas antes de que llegasen los hombres de Havens.

Pero lo cierto era que ella también estaba preocupada. Lorna estaba ahora embarazada de seis meses y Kayla sabía lo mucho que ese bebé significaba para ella. Y para Josh. Tenía que estar relajada si no quería que su embarazo acabara igual que los dos anteriores.

Los directivos de Havens habían dicho que podrían requerir alguna información financiera adicional. Kayla, como responsable de la contabilidad, estaba encantada de asistir a la reunión y poder dar todas las explicaciones necesarias, liberando así a Lorna de ese tipo de preocupaciones.

Josh llamó a las diez en punto a la puerta de su despacho para que fuera con ellos a la reunión.

Kayla se había puesto, para la ocasión, un traje sastre de color gris marengo y una blusa azul sin mangas. Llevaba el pelo recogido en un moño muy elegante.

Tomó el ascensor hasta la primera planta, donde estaba la sala de conferencias, dispuesta a hacer un buen papel en la reunión.

Josh estaba de pie, presidiendo la mesa. Iba vestido de manera muy elegante, con traje y corbata. Algo poco habitual en él.

Lorna estaba sentada a su derecha. Enfrente de ella, había un hombre cuya cara no pudo ver bien desde la puerta, pero que le resultó inquietantemente familiar.

–Adelante, Kayla –dijo Josh con voz ceremoniosa–. Kayla, te presento al señor Vassalio. Señor

Vassalio, esta es Kayla Young, nuestra experta en contabilidad.

Kayla creyó estar sufriendo alucinaciones. Haciendo un esfuerzo para conservar el equilibrio sobre los zapatos de tacón de diez centímetros que se había puesto esa mañana, se acercó a donde estaba Leonidas y le estrechó la mano.

–Señorita Young.

Kayla sintió cómo le temblaban los dedos al contacto de su mano cálida y firme que parecía como si no quisiera soltarla nunca.

–Señor Vassalio –dijo ella con una voz estridente y desafinada, sin poder ocultar la emoción que sentía, no solo por su presencia, sino también por su aspecto tan impresionante y atractivo.

Parecía muy cambiado desde la última vez. Estaba perfectamente afeitado y se había cortado el pelo. El traje gris oscuro y la camisa de un blanco inmaculado, que acentuaba el negro azabache de sus ojos, no conseguían disimular la fuerza y virilidad arrolladoras que emanaban de su persona.

Ahora creía reconocerlo en su verdadero ambiente. No en la granja semiabandonada y con aquella camioneta destartalada, sino en su salsa, en el mundo de los negocios al que realmente pertenecía.

Cuando consiguió apartar la mirada de él, se dirigió a Josh con cara de desconcierto.

–Pero... ¿el señor Woods?

–Woods no ha podido venir –contestó Josh.

–Tenemos el honor de contar con el presidente, el señor Vassalio –dijo Lorna–. Havens Exclusive es una de las empresas de su grupo y ha tenido la deferencia de asistir él personalmente a la reunión. ¿No es así, señor Vassalio?

–Llámeme Leonidas, por favor –dijo él, dirigiendo a Lorna una sonrisa capaz de derretir el hielo de todo el casquete polar.

–Leonidas –repitió Lorna, mirándolo como si estuviera contemplando un codiciado trofeo.

Kayla se dio cuenta de que su amiga había quedado también prendada de su atractivo natural. ¿Qué pensaría si le dijera la clase de hombre que era?

–Tal vez la señorita Young quiera sentarse aquí para ponerme al corriente de los detalles financieros –dijo Leonidas, señalando la silla que tenía al lado.

Ella sabía que todos esos modales tan refinados eran solo una pose. Él ya habría analizado con anterioridad la solvencia de Kendon Interiors y su capacidad para cumplir sus compromisos antes de considerar siquiera la posibilidad de invertir un solo centavo.

Pero ¿habría sido todo una simple coincidencia? ¿O habría llegado él a un acuerdo con Havens para realizar esa operación, sabiendo que ella trabajaba en Kendon Interiors? En tal caso, ¿por qué no se lo había dicho la noche anterior cuando la llamó por teléfono? ¿Habría querido darle el susto de su vida por haberse negado a cenar con él? Desde luego, si ese había sido su objetivo, lo había conseguido. ¡Y con creces!

Apenas podía apartar la vista de él cuando comenzó a hablar de negocios con Josh y Lorna. Escuchaba hipnotizada las cálidas resonancias de su voz, aspirando el aroma embriagador de su loción de afeitar que parecía poseer algún poderoso afrodisíaco.

Sus manos eran como dos imanes para sus ojos cautivos, mientras gesticulaba con ellas a medida que iba exponiendo los términos del acuerdo.

Era, sin duda, un hombre excepcional. De esos que hacían volver la cabeza a las mujeres.

Sin embargo, no podía creer que fuera el mismo con el que había hecho el amor aquella última mañana, dejando que ella tomara la iniciativa como si lo hubiera encadenado a la cama.

¡Como si un hombre como él se dejase encadenar o dominar por nadie!

Cuando alzó la vista, sus miradas se cruzaron justo cuando él estaba terminando de decir algo sobre el índice FT de la bolsa de Londres. Por el brillo de sus ojos y la sonrisa sensual de sus labios, adivinó que le estaba leyendo el pensamiento, recordando los momentos gloriosos de sexo que habían compartido.

Se sintió más aliviada cuando, tras cerrar los términos del contrato, se dio por terminada la reunión.

Leon se dispuso a marcharse. Pensó que debía ser amable con él por el bien de la empresa, pero estaban empezando a dolerle los músculos de la cara de tantas sonrisas forzadas.

Afortunadamente, una vez conseguido el visto bueno de Havens, era de esperar que no tuviera que volver a verlo. Aunque esa idea tampoco parecía satisfacerla tanto como había pensado. De hecho, se sentía profundamente deprimida.

Lo que de verdad deseaba era volver al despacho, enfrascarse en su trabajo y tratar de olvidarlo todo como si Leonidas Vassalio nunca hubiera existido en su vida.

Se puso a hablar un instante con Lorna sobre su embarazo y, luego, al ver que ya no era necesaria allí, se disculpó cortésmente y se dirigió a la puerta de la sala.

Oyó entonces, a su espalda, una voz profunda y bien timbrada con marcado acento griego.

—¿Puedo robarle a la señorita Young un par de minutos? —dijo Leon, dirigiéndose a Josh—. Hay un par de cosas que me gustaría aclarar con ella, si es tan amable de acompañarme al coche.

¡Vete al infierno!, se dijo ella, dándose la vuelta, pero poniendo su mejor sonrisa para no decepcionar a sus amigos.

—Hable con ella todo el tiempo que necesite, señor Vassalio —respondió Josh con mucha cordialidad, ajeno por completo al conflicto que había entre ellos.

Leonidas estaba sosteniendo la puerta con el brazo, de modo que ella tuvo que agacharse ligeramente para pasar por debajo, llenándose de su presencia y masculinidad.

—Veo que estás acostumbrado a que todo el mundo se pliegue a tus deseos, ¿verdad? —dijo ella en voz baja para que solo él la oyera.

—Todo el mundo no —replicó él en un tono cariñoso.

—¿Por qué no me lo dijiste ayer? —preguntó ella con reproche en cuanto salieron al pasillo.

—¿Decirte qué?

—Que ibas a venir hoy.

—No me diste la oportunidad.

—¿De veras? —dijo ella, girando la cabeza hacia la ventana desde la que se divisaba una hermosa vista del jardín del parque empresarial–. No recuerdo que tuvieses la menor intención de decírmelo.

–¿Ah, no? ¿Por qué otra razón si no crees que quería cenar contigo?

Kayla sintió un intenso rubor en las mejillas. Había vuelto a ponerse en evidencia.

–Entonces debías habérmelo dejado claro desde el principio.

–¿Como estás haciendo tú ahora, llevándome por aquí en vez de usar el ascensor?

–Prefiero siempre utilizar las escaleras.

–¿No fue eso lo que hiciste cuando subiste a la sala de reuniones?

Kayla se quedó asombrada de su perspicacia. Debía haber comprendido que él habría oído el timbre del ascensor y el sonido de la puerta segundos antes de que ella entrase en la sala de reuniones.

–¿Le ocurre algo, señorita Young? –preguntó él, llamándola deliberadamente por su apellido para acentuar más el tono irónico de sus palabras–. ¿Le da miedo entrar conmigo en un ascensor?

–No seas presuntuoso. ¿Por qué crees que podría asustarme una cosa así?

–Porque, si pudiera leer en mi mente, señorita Young, sabría que siento en este momento un deseo incontenible de quitarle ese traje tan elegante que lleva, arrancarle la blusa y...

–Por favor –exclamó ella, haciendo resonar sus tacones de forma ostensible mientras se dirigían a la puerta de salida.

La joven de la recepción les sonrió al pasar, comiéndose a Leonidas con la mirada.

–No sabía que fuera tan recatada, señorita Young –dijo él, mientras las puertas de cristal se abrían automáticamente a su paso–. No fue esa la impresión que me dio cuando cabalgaba a horcajadas con tanto entusiasmo.

Salieron a la calle. Hacía un sol espléndido esa mañana.

–¡Basta! Pensé que querías hablar conmigo sobre algo relativo a mi empresa –dijo ella, tratando de apartar las imágenes eróticas que acudían a su mente–. Si no es así, discúlpame, pero debo regresar a mi despacho. Tengo muchas cosas que hacer.

–Yo también.

Al llegar al aparcamiento, Kayla vio un coche muy elegante y espectacular que ensombrecía al resto de los vehículos. Era un símbolo más de ostentación de su dinero y su poder.

Debía habérselo esperado, se dijo ella.

¡Seguía siendo una estúpida! Cuando le había telefoneado la noche anterior, había imaginado que llegaría en su camioneta. Pero esa camioneta pertenecía a Leon. A Leon, el vagabundo. Al Leon que cortaba leña, se preparaba el desayuno y hacía dibujos informales. Pero aquel coche tan llamativo pertenecía a Leonidas, el presidente ejecutivo del Grupo Vassalio, el magnate del sector inmobiliario internacional. El mayor farsante sobre la faz de la tierra.

–Te veo algo demacrada –dijo él–. Y más delgada. Has debido de estar trabajando mucho estos últimos días.

–No especialmente –respondió ella, sintiendo su

mirada despertando todas las hormonas adormecidas de su cuerpo.

Leonidas la miró fijamente con los ojos entornados como si fueran dos estrechas rendijas.

–¿No estarás...?

–¿Embarazada? –dijo ella sonriendo.

Hubiera querido decirle que sí. No porque desease tener un hijo suyo... ¿O sí?

La idea le vino como un rayo caído del cielo. ¿Sería ella capaz de...?

Trató de olvidarse de ello, negándose a ir por ese camino.

Le habría gustado darle un buen susto y bajarle un poco los humos y la arrogancia.

Pero no. No podía mentirle. A pesar de los desengaños que había sufrido en la vida, ella era incapaz de engañar a nadie.

No era de esas que iban por la vida tratando de cazar a un hombre.

–No, no lo estoy. Es absurdo que hayas podido pensar tal cosa. No soy una estúpida ni... comercio con esas cosas.

–Pasa –dijo él en voz baja, abriéndole la puerta del coche.

–No –respondió Kayla con voz temblorosa.

Pero estaba encerrada entre la puerta, el coche de al lado y él. No tenía escapatoria. A menos que montase una escena.

–He dicho que entres –repitió él ahora con cierta aspereza–. Si no, te arrancaré la ropa y te haré el amor aquí mismo frente a ese maldito edificio. ¿Usted decide, señorita Young?

¿Estaba tratando de provocarla? ¿O solo iba de farol?

Se odiaría toda la vida si accedía a entrar y ser víctima de su propia debilidad, dejando que la utilizara como Craig había hecho.

Sin embargo, tenía la sospecha de que sería muy capaz de llevar a cabo su amenaza. Así que, a regañadientes y con el corazón latiendo de forma salvaje, decidió entrar en el coche.

Capítulo 9

S E SINTIÓ aún más angustiada cuando Leonidas se sentó al volante y puso el coche en marcha.

¿A dónde la llevaba? No sabía cómo reaccionaría si él cumplía su amenaza.

Echó una mirada por la ventanilla. El parque empresarial estaba poblado de árboles y arbustos separando los diversos bloques de oficinas.

Lanzó una mirada desafiante a Leonidas cuando detuvo el coche y apagó el motor al llegar al último de los bloques que estaba aún desocupado.

–Dime que tu presencia hoy aquí ha sido solo una casualidad –dijo ella con voz temblorosa.

–Me gustaría ser sincero contigo, dado que casi me he visto obligado a secuestrarte para poder hablar contigo. La verdad es que no fueron tus amigos los que se pusieron en contacto con mi empresa para ofrecernos sus servicios. Fuimos nosotros los que les ofrecimos el contrato. Cuando me hablaste de los proyectos de Kendon Interiors, me interesé por el caso e hice mis propias averiguaciones. Tu empresa se halla en una mala situación económica a causa de la crisis y sabía que estaría dispuesta a firmar un contrato con Havens por debajo de las condiciones del mercado.

–Supongo que sabías también que yo seguía trabajando para Lorna y Josh, ¿verdad?

–No era probable que te hubieran despedido teniendo a la vista un cliente tan importante.

–Así que te aprovechaste de la información que te di. Igual que hiciste conmigo... ¡Eso es un delito! –exclamó ella en tono acusador.

–Yo prefiero llamarlo «una buena operación financiera». A pesar de que conseguiste hacerme perder el control aquel día en la cama, nunca dejo que el placer interfiera con mis negocios. Aunque no puedo negar que el acuerdo puede reportar ciertos beneficios colaterales, los intereses corporativos de mi grupo están por encima de todo.

–Si por «beneficios colaterales» entiendes que vas a acostarte conmigo, ya puedes ir olvidándote de ello –exclamó Kayla con cara de indignación.

–Me refería a los beneficios económicos –precisó él con mucha flema.

¡Otra vez había vuelto a quedar en evidencia!, se dijo ella, cerrando los ojos y dejándose caer sobre el respaldo del asiento.

–Tienes una habilidad especial para sacarme de quicio.

–Te aseguro que no es mi intención. Pero creo que eres tú la que tiene cierta tendencia a pensar que todo lo que pasa es consecuencia de lo que hay entre nosotros.

–¡No hay nada entre nosotros!

–¿No? –exclamó él con los ojos brillando de deseo, mirando su boca.

Kayla sintió un extraña desazón entre las piernas

al ver la forma en que la ardiente mirada de Leonidas se dirigía ahora a su blusa de color azul plateado.

Sus pechos subían y bajaban agitadamente, traicionando sus emociones.

–Leonidas...

Era la primera vez que ella le llamaba por su nombre completo sin ironía.

Era un avance, después de todo, pensó él, a pesar de que le sonaba como si estuviese llamando a un preso convicto que acabara de darse cuenta de que no tenía sentido seguir negando su crimen.

–¿Es eso una súplica? –preguntó él con la voz apagada y una creciente excitación.

–¿Qué es lo que quieres?

–Quiero que terminemos lo que empezamos.

–¿Por qué? ¿Acaso te has dado cuenta de que te has enamorado locamente de mí? –dijo ella con ironía.

–Solo los tontos y los adolescentes se enamoran locamente –dijo él con un cinismo mayor del que ella hubiera esperado–. Crees que me conoces, pero te equivocas. Tengo intención de demostrarte quién es Leonidas Vassalio realmente.

–¿Y cómo piensas hacerlo?

–Pidiéndote que te quedes a vivir conmigo unas semanas.

–Es una broma, ¿verdad?

–Nunca he hablado más en serio en mi vida. Creo que sería una buena idea si te trasladaras a mi casa mañana mismo.

–¿Y si me niego?

–Sería una lástima. Especialmente para Lorna y

Josh. Ellos dan ya por hecho el acuerdo. Pero yo no le auguraría mucho futuro si, ya desde le principio, no existe una buena armonía entre las dos partes.

–¿Serías capaz de rescindir el contrato si no hago lo que me pides?

–Respóndete tú misma ya que pareces conocerme tan bien.

Kayla desvió la mirada de nuevo hacia la ventanilla. Enfrente tenía el bloque desocupado que estaba en alquiler. Tenía un aspecto sombrío, vacío y sin alma.

Como él, se dijo ella apesadumbrada.

Sin embargo, no pudo evitar un estremecimiento cuando Leon le agarró suavemente la barbilla con el dedo pulgar y el índice para que lo mirara a los ojos.

Kayla se sintió embriagada por su cercanía y su aroma. Se moría de deseo...

Deseaba sentir los besos de aquel hombre que la había engañado. Verse desnuda entre sus brazos y hacer el amor con él hasta que...

De forma casi inconsciente, se inclinó hacia él y abrió instintivamente los labios para recibir su beso.

–No –dijo él, apartándose de ella–. Este no es el momento ni el lugar–. Tendremos muchas ocasiones en el futuro, te lo prometo. Quiero que llegues a conocerme bien, *hrisi mou*, y esta no creo que sea la mejor manera.

El desaire sensual la dejó resentida y enojada consigo misma. Tanto por la decepción como por permitirle ver con claridad lo mucho que aún lo deseaba. Era una prueba más del poder que tenía sobre ella para someterla y trocar su rechazo en deseo.

–No necesito conocerte. Sé exactamente lo que eres. No me puedes engañar de nuevo por muy elegante que vayas vestido. ¡Eres solo un miserable que tratas de divertirte conmigo y aprovecharte de mis amigos! Pero está bien, seguiré tu juego.

Si no lo hacía, Havens retiraría su oferta y Kendon Interiors quebraría al no poder hacer frente a los compromisos que había adquirido. Y, si eso sucediese, Lorna se vería sometida a un mayor estrés durante su embarazo y...

Se estremeció solo de pensar en la posibilidad de que la vida del bebé de su amiga pudiera estar en sus manos.

–Me iré a vivir a tu casa. Pero no te hagas ilusiones, no pienso acostarme contigo. Solo lo hago por Josh y Lorna.

–No soy tan presuntuoso como te imaginas –replicó él con una sonrisa burlona–. Como prueba de ello, te llevaré de nuevo a la oficina. Tu empresa tiene un contrato y no podrá cumplirlo si una de sus empleadas clave está por ahí tentando a la suerte, enemistándose con su principal cliente.

–¿Es una amenaza?

–No, un chantaje. ¿Por qué no llamar a las cosas por su nombre? –dijo él muy sonriente, parando el coche frente a la entrada de Kendon Interiors–. Pasaré a recogerte mañana a las ocho.

El agua de la piscina reflejaba el color blanco de la deslumbrante mansión.

Era una casa moderna de estilo georgiano. La residencia principal de Leonidas en el Reino Unido era un verdadero escaparate de habitaciones espaciosas, exquisitamente decoradas, que combinaban lo moderno con lo clásico y el lujo con el buen gusto. Más que un casa, parecía el castillo de un noble, con una extensa servidumbre que trataba a su señor con sumo respeto, como si fuera para ellos algo más que el hombre que les pagaba el salario.

Kayla estaba tumbada junto a la piscina esperando a Leonidas. Tenía que acompañarle a una cena de trabajo. Llevaba dos días con él en aquella suntuosa mansión y había observado que trataba al personal de la casa con la misma deferencia y respeto que ellos mostraban hacia él.

–¿Estás lista? –preguntó él dos horas después, cuando ella salió de la suite que le había asignado.

Constaba de un dormitorio con armarios empotrados hasta el techo, una cama con dosel, una alfombra lo bastante gruesa como para hundirse en ella, un vestidor independiente y un cuarto de baño con una enorme bañera rodeada de mármol color miel.

–No lo sé –respondió ella, tratando de disimular la desazón que le causaba verlo allí arriba en la escalera con un elegante traje oscuro y una camisa blanca de vestir–. Solo soy tu marioneta. Tú dirás.

Él bajó las escaleras, dirigiéndose a ella como una pantera negra, mirándola con sus ojos igualmente negros, sin perder un solo detalle.

Kayla llevaba un vestido sin tirantes de un color que iba variando gradualmente. El azul pálido del canesú se tornaba más intenso hacia la cintura hasta adoptar un color lila en los bajos.

Las sandalias plateadas de tacón alto contrastaban con el rojo burdeos de las uñas de los pies.

Tenía el pelo recogido en un moño muy elegante, pero había dejado que unos mechones le cayeran suavemente alrededor del óvalo de la cara.

Tan solo se había aplicado un poco de sombra azul en los párpados y un toque de brillo de labios color burdeos. Llevaba unos delicados pendientes de plata en forma de espiral y un collar a juego.

–Estás maravillosa –dijo Leonidas asombrado–. Y no eres mi marioneta. Eres una mujer independiente, aunque algo testaruda, con la que estoy encantado de salir esta noche. Si hubiera querido una marioneta, no habría tenido que molestarme mucho para encontrar una docena sin moverme de casa.

Entraron en su espectacular vehículo y se dirigieron al salón, no menos espectacular, de un hotel de lujo.

Kayla estaba fascinada, pero, al mismo, abrumada por aquel mundo en el que él se movía. El Leonidas, con el que ahora entraba del brazo en el hotel, era el polo opuesto del que había conocido en Grecia. El hombre humilde de la camioneta que vivía en una granja medio abandonada.

El que tenía al lado era un hombre en el pináculo del éxito. Un hombre que se codeaba con las personas más importantes e influyentes de la sociedad.

Un hombre lo bastante elocuente y persuasivo como para captar, después de la cena, la atención de la audiencia de las más de trescientas personas que habían acudido al acto.

Tras su conferencia sobre el estado del planeta,

Leonidas escuchó imperturbable los aplausos y ovaciones de sus colegas puestos en pie.

–Has estado brillante –dijo Kayla, sin poder reprimir su admiración, mientras se recogían las mesas y las parejas de invitados comenzaban a ocupar la pista de baile para disfrutar de la música melódica que una orquesta profesional interpretaba en vivo.

–Solo trataba de concienciar a la gente sobre la responsabilidad y compromiso que todos debemos tener con el medio ambiente, por el bien y el futuro de nuestros hijos y de los hijos de nuestros hijos. Somos los custodios de este planeta, no sus propietarios.

Tenía una habilidad especial para ganarse a la gente. Era casi imposible guardarle rencor por nada.

Una morena muy glamurosa y sofisticada se acercó a él con una sonrisa para felicitarlo muy efusivamente, comiéndoselo literalmente con sus sensuales ojos verdes. No podía caber la menor duda de lo que deseaba de él.

–¡Es tan elocuente! –dijo ella a Kayla con mucho entusiasmo, atreviéndose a tocarle la manga de la chaqueta con la punta de los dedos–. ¡Se me puso la carne de gallina solo de escucharlo!

–¿En serio? –replicó Kayla, tratando de seguirle el juego–. Pues, si eso le pone la carne de gallina, tendría que ver sus dibujos. Él es muy humilde y no les da importancia, pero estoy segura de que estaría dispuesto a enseñárselos si se lo pide amablemente.

La morena sonrió con recelo, dándose cuenta de su ironía y, tras decir algo que Kayla no pudo captar, se alejó de allí apresuradamente.

–Sé que tienes motivos de queja –dijo Leonidas–,

pero no hay que airearlos en público. Por cierto, te felicito por la representación magistral que has hecho toda la noche, luciendo esa sonrisa tan maravillosa.

—Pensé que debía actuar como si estuviese disfrutando de tu compañía.

—Te estás comportando como cualquiera de las mujeres por las que decidí marcharme a Grecia –dijo él con un gesto de desaprobación.

—¿Cómo quieres que me comporte?

—Como Kayla Young. Ingenua, cándida y terriblemente curiosa.

—O sea, como una tonta a la que se puede engañar fácilmente –dijo ella, mientras se dirigían a la pista de baile.

—Veo que no estás dispuesta a olvidarlo –exclamó él, poniendo las manos alrededor de la cintura.

—Como tampoco estoy dispuesta a dejar que olvides que estoy aquí en contra de mi voluntad.

—Eso no es verdad –replicó él con voz cariñosa, atrayéndola hacia sí y sintiendo su cuerpo estremeciéndose al contacto con el suyo–. No creo que te sientas a disgusto conmigo viendo lo que sentimos el uno por el otro en este momento.

Estaban tan cerca, que ella podía sentir su poderosa excitación. Sintió deseos de arrimarse más a él, pero hizo un esfuerzo para controlarse.

—Tú no sientes más que tu ego y tu orgullo heridos porque no puedes soportar que una mujer te diga que no.

Él juntó la mejilla con la suya y sonrió levemente.

—La mujer que yo conozco me desea tanto como yo a ella.

Ella sintió que el calor de su aliento neutralizaba sus reproches hacia él. En ese momento, no le impresionaba ni su increíble atractivo ni la gloria que había conseguido esa noche. Solo deseaba borrar de su recuerdo el amargo pasado que pesaba sobre ellos y pensar que estaba en otro lugar, bailando a solas con él, no bajo aquella espléndida araña de cristal de Murano, ni rodeada de los trescientos invitados que llenaban la sala.

–¿Quieres saber lo que creo que estás pensando ahora? –añadió él.

Ella alzó la cabeza desafiante, mientras las luces desprendían destellos dorados en su pelo.

–No –respondió ella con una dulce sonrisa–. Pero sé que vas a decírmelo de todos modos.

–Dime si tengo razón –dijo él, devolviéndole la sonrisa y mirándola de tal forma que cualquiera que los estuviera mirando habría asegurado que eran dos amantes deseando marcharse de allí cuanto antes para buscar la intimidad de su dormitorio–. Creo que, en este momento, preferirías volver a casa y que te desnudara lentamente a los compases de una música suave. Y creo también que te gustaría que yo siguiera vestido mientras te llevaba desnuda a mi cama. No hay nada como la sensualidad de la tela para añadir un toque morboso cuando se hace el amor, ¿no te parece, Kayla? Especialmente, cuando a ese hombre le importa un comino lo que puedas hacer con su ropa y lo que puedas abusar de él, con tal de satisfacer tus deseos y hacerte gemir de placer.

Kayla sintió que le faltaba la respiración y le ardían las mejillas de vergüenza ante las imágenes que esas palabras suscitaban en ella.

–Lo que creo es que te estás dejando llevar por tus fantasías –dijo ella con la voz apagada y la garganta tan seca como las áridas colinas de Grecia.

–¿Yo?

Kayla no se dio cuenta de que la orquesta había dejado de tocar hasta que él apartó los brazos de ella. Vio entonces a uno de los invitados haciendo señas a Leonidas desde la barra del bar.

–Volveré en unos minutos –se disculpó Leonidas.

Kayla aprovechó para ir al servicio. A ese santuario misericordioso de empolvarse la nariz.

Una criatura de ojos brillantes y mejillas sonrojadas pareció mirarla desde el otro lado del espejo. Se sentía como si hubiera brotado en ella la fiebre del deseo para ser luego abandonada. No lograba explicárselo, pero seguía deseándolo.

¿Cómo podía permanecer bajo su mismo techo si cada vez que la tocaba era como dejar caer una antorcha sobre un barril de pólvora? ¿Si todo su sentido común se convertía en humo con una sola mirada suya?

Y, sin embargo, él no había intentado tocarla íntimamente desde que la había llevado a su casa. La había tratado con tanto respeto que la había mantenido despierta las últimas dos noches preguntándose por qué no lo había hecho. ¿Habría reconocido finalmente que había sido injusto con ella y estaba haciendo ahora todo lo posible para redimirse? ¿O se trataba solo de un plan preconcebido para minar su voluntad poniendo en juego toda su sensualidad, como hacía un instante, hasta que se rindiese a sus pies, implorándole que le hiciera el amor?

No había conocido nunca a un ejecutivo cuyos motivos no fueran completamente egoístas. ¿Por qué Leonidas Vassalio iba a ser diferente? ¿Acaso no estaba ahora aprovechándose de la delicada situación de la empresa de sus amigos para satisfacer sus propios intereses?

A pesar de todos sus razonamientos, Kayla se sintió excitada nuevamente al sentarse poco después en la oscura intimidad de su coche, de regreso a casa, percibiendo la proximidad de su mano, al cambiar de marcha, y el perfume de su chaqueta que había dejado en el asiento trasero...

Al llegar a la mansión, él pasó una tarjeta por el lector de acceso y las puertas se abrieron de forma electrónica, permitiéndoles pasar.

–Creo que subiré a descansar –dijo ella, dirigiéndose a la escalera.

–Kayla...

Ella se detuvo en seco al oír su voz. Sintió el corazón latiendo de forma frenética. Si la tocaba...

No sabía cómo reaccionaría, pero sí sabía que estaba deseando que la tocara, que la subiese en brazos por la escalera y la llevase directamente a la cama.

Kayla se dio la vuelta con las piernas flaqueando.

–¿Qué?

–Se te ha caído el chal –respondió él con una voz escandalosamente íntima.

Todo en él despertaba su deseo y la hacía estremecerse. Hasta el sonido de sus pisadas sobre el suelo de mármol tenían para ella una gran sensualidad.

Leonidas se acercó suavemente por detrás y le puso el chal de lentejuelas azules y plata sobre sus hombros desnudos, casi sin que ella se diera cuenta.

Cuando ella se volvió para mirarlo, vio que llevaba otra vez puesta la chaqueta. Sus hombros parecían ahora aún más anchos y sensuales. Sintió deseos de tocarlos y de que él también la tocase. Pero Leonidas se limitó a darle un beso en la frente.

—Pareces cansada. Descansa un poco. Mañana tendremos un día muy ocupado.

Capítulo 10

POR QUÉ no me dijiste que estabas viéndote con él? –dijo Lorna, después de la llamada que Kayla recibió de Leonidas el lunes por la mañana en la oficina–. Y no me digas que no, porque esa llamada no era precisamente para hablar de contabilidad. Estás saliendo con él, ¿verdad?

Kayla se puso tensa. No había dicho a nadie que estaba viviendo con él.

–Guárdame el secreto, por favor –imploró Kayla a su amiga.

No quería tener que aguantar las preguntas de la gente. ¿Qué iba a decirles? ¿Que estaba con Leonidas en contra de su voluntad? ¿Que la estaba chantajeando para conseguir que satisficiese sus deseos, pero que ella no tenía intención de quedarse un segundo más en su casa en cuanto se formalizase legalmente el contrato?

–Si los paparazzi llegaran a enterarse, podrían convertir su vida en un circo –añadió Kayla.

–No te preocupes, no se lo diré a nadie. Salvo a Josh, por supuesto –replicó Lorna–. Pero ¿cómo te las has arreglado para conseguir...? Olvídalo, como si no hubiera dicho nada. Eres una mujer muy inteligente y hermosa. No me extraña que se haya fijado en ti. ¡Es fantástico, Kayla! ¿Sabes el dinero que debe de tener?

–Su dinero no me interesa –afirmó Kayla con indiferencia.

–Sí –dijo Lorna con una leve sonrisa–. Ya veo que hay otras cosas que te interesan más de él. ¡Uf! ¡Vaya hombre! Si yo no estuviera casada y embarazada...

–¿Cómo te atreves a decir una cosa así, Lorna? –exclamó Kayla con una sonrisa, sabiendo que su amiga solo estaba bromeando.

Lorna adoraba a Josh y su mayor deseo en la vida era dar felizmente a luz a su bebé.

Kayla miró a su amiga con afecto y se prometió que haría todo lo que estuviera en su mano para ayudarla a cumplir ese deseo. Aunque tuviera que ser a costa de sus propios sentimientos.

Leonidas tuvo que estar fuera esa semana por un asunto de negocios. Volvió dos días después para recoger a Kayla en la oficina y llevarla a un acto benéfico donde se servían los canapés en bandejas de plata y el champán corría como el agua.

La recaudación estaba destinada a ayudar a los damnificados del tsunami.

Kayla se dio cuenta enseguida de que Leonidas era el que había organizado el acto.

Había conseguido involucrar a la mayoría del personal de su compañía en tan solidaria causa.

–¿Has disfrutado del acto? –preguntó él, cuando

iban ya en el coche de regreso a casa–. En la medida, naturalmente, de lo que eres capaz de disfrutar estando conmigo, que no es mucho, desde luego.

Ni Leonidas ni ella habían probado apenas el champán. Kayla veía que él era muy estricto en ese aspecto cuando tenía que conducir. Así como en casi todas las demás cosas.

–Muy gracioso –dijo ella secamente, volviendo la cabeza para mirar por la ventanilla los magníficos jardines que rodeaban la señorial mansión victoriana que su compañía había alquilado para celebrar el evento–. ¿Para qué me has traído aquí? ¿Para demostrarme lo solidario y caritativo que eres? No creo que tenga ningún mérito. Habrá mucha gente que piense que bien puedes permitírtelo con todo el dinero que tienes.

–No se trata de si puedo permitírmelo o no, sino de concienciar a la gente sobre la necesidad de contribuir en la ayuda a los más necesitados.

Otra tarde, Leonidas la llevó al West End, la zona de ocio londinense por excelencia. Entraron a un teatro a ver un espectáculo que ella llevaba varias semanas deseando ver pero que no había podido conseguir entradas.

A la salida, fueron a cenar a un restaurante exclusivo donde Leonidas fue literalmente asaltado por un grupo de paparazzi que casi tiraron al suelo a Kayla en su intento por acercarse a él a sacarle una foto. Tuvieron que meterse corriendo en la limusina que les estaba esperando.

–¿Cómo haces para soportar esto? –preguntó Kayla.

–Uno aprende a convivir con ello –respondió él con

cara de resignación, y luego añadió con una sonrisa–:
¿Estás bien?

Ella asintió con la cabeza, pero él pudo ver un
gesto de tristeza en sus maravillosos ojos azules. Era
evidente que no se sentía feliz a su lado. Además, durante el altercado con los paparazzi, se le había ras-
gado el vestido de seda blanco y se le había estropeado el peinado. Parecía como si acabara de salir de
un vendaval o de las manos de un amante demasiado
apasionado.

Cuando llegaron a casa, dejó que ella subiera sola
a la habitación y él se fue directamente a su estudio.
Estuvo allí varias horas trabajando, procurando resistirse a la tentación de subir las escaleras de dos en
dos, entrar en la habitación de ella, tirar de la colcha
y ver cómo sus débiles protestas se disolvían bajo los
apremiantes deseos de sus cuerpos enlazados.

Las fotografías del restaurante aparecieron publi-
cadas en la prensa sensacionalista al día siguiente.
Kayla aparecía, en ellas, despeinada y con cara de
sorpresa, mientras Leonidas la agarraba del brazo
para llevarla a la limusina.

Kayla recibió, esa misma mañana, la llamada de
su madre interesándose por el escándalo. Estuvo hablando con ella media hora tratando de esquivar sus
incómodas preguntas.

Luego telefoneó a Leonidas a su despacho. La secretaría desvió la llamada a otro teléfono.

–¿Las has visto? –exclamó ella cuando él descolgó.

–Sí. Lo siento. Ha sido algo lamentable.

Ella empezaba a comprender por qué él se había
ido a aquella isla casi desierta para escapar de todo

aquello por un tiempo. Y por qué se había enfadado tanto el primer día cuando la había visto sacándole, supuestamente, una foto.

–No les digas nada –dijo él cuando ella le contó que alguien de la prensa había averiguado dónde trabajaba y había estado llamando a la oficina para conseguir hacerle una entrevista–. Les das la mano y te toman el brazo. Hacen un mundo de la cosa más nimia. Si no les dice nada, se acabarán olvidando del asunto antes de una semana.

Leonidas volvió a disculparse con ella antes de colgar.

Un par de horas después, Kayla recibió un gran ramo de rosas rojas en la oficina, con una tarjeta de Leonidas reiterando sus disculpas. Todos los empleados de Kendon Interiors lo acogieron con mucho entusiasmo. Especialmente, las mujeres, que ya habían visto el artículo en la prensa y aún se les caía la baba recordando la imagen fascinante del apuesto magnate inmobiliario.

Tal como habían acordado, él fue a recogerla a la oficina por la tarde en su coche de lujo.

–Gracias por venir a buscarme –dijo Kayla cuando él arrancó el coche–. Y por las rosas. ¿Le pediste a tu secretaria que me las enviara?

¿No era eso lo que los ejecutivos hacían antes de poner los ojos de cordero en su secretaría?, se dijo ella con amargura, recordando otras rosas y otros tiempos.

–Yo no soy tu padre, Kayla –respondió él muy serio, sin apartar la vista del espejo retrovisor–. Ni tu exnovio. Si te he enviado un ramo de flores, es porque deseaba hacerlo.

Ella pensó que, ahora al menos, parecía sincero.

Las hélices de helicóptero giraban ya a pleno régimen en el pequeño helipuerto que había frente a la mansión de Leonidas Vassalio.

Se disponía a salir de viaje de negocios a las Islas del Canal ese fin de semana y le preocupaba que Kayla quedara a merced del acoso insaciable de la prensa durante esos días. Por eso, le aconsejó que no se alejara de los limites de la propiedad y dio instrucciones muy estrictas a su responsable de seguridad para que no la perdiera de vista.

–¿Qué te imaginas que podría hacer si saliera de casa? ¿Ir a buscar a un hombre que me dejase embarazada para poder decir luego a todo el mundo que el hijo era tuyo? –dijo ella bromeando, pero arrepintiéndose al instante de haber dicho esas palabras.

–No eres mi prisionera, Kayla. Solo estoy pensando en tu seguridad –dijo él, dándole un beso en la mejilla y subiendo al helicóptero.

El vehículo se elevó en vertical por encima de la mansión, dejando a Kayla con el calor de sus labios en la mejilla.

Hizo muy buen tiempo ese fin de semana, por lo que ella aprovechó para nadar en la piscina, tomar el sol en la terraza, leer un poco y ver un par de películas de aventuras en la impresionante sala de cine de la casa, equipada con un proyector profesional.

Sin embargo, nada de todo eso la hizo feliz hasta

que no volvió a oír el zumbido del helicóptero de Leonidas regresando el domingo por la noche.

Se había ido témprano a la cama deliberadamente. Así no tendría que verlo ni luchar contra la tensión sexual que la estaba dominando. Tenía que mantenerse alejada de él. No podía caer en su juego y su estrategia para doblegarla, y hacer valer su indomable orgullo masculino.

Debía resistir a toda costa. Al menos, hasta que se firmase el contrato.

Leonidas fue a recogerla a la oficina al día siguiente y la llevó a cenar a un bistró y luego a una exposición de fotografía.

–Dado que no te separas casi nunca de tu cámara, pensé que te gustaría ver las obras de los profesionales –dijo él, mientras aparcaba el coche frente a una galería de arte, pequeña pero muy concurrida–. Pero si no te apetece...

–No. Me encantará verla –replicó ella, agradecida.

El anfitrión de la exposición, un hombre maduro de pelo gris, era un viejo conocido de Leonidas. Kayla pudo darse cuenta de la gran amistad que los unía en cuanto acudió a saludarlos y Leonidas hizo las presentaciones.

–Leonidas me ha dicho que eres una gran aficionada a la fotografía –dijo el hombre sonriendo, mientras Leonidas se mezclaba con las veintitantas personas que llenaba la sala para admirar las fotografías expuestas–. Si alguna vez sientes deseos de dar a conocer tus obras, ya sabes dónde nos tienes.

–¡Solo lo hago por afición! –exclamó ella con una sonrisa afectuosa, preguntándose qué más le habría contado Leonidas a su amigo.

–¿Qué te parece esa? –dijo Leonidas, acercándose a ella para que le diera su opinión sobre la foto de una cascada con un juego muy artístico de luces.

–Es muy buena –respondió ella–. Pero yo hubiera suavizado un poco más el efecto de la luz para moderar el contraste–. Diría que le falta sutileza.

–¿Te gusta la sutileza?

Kayla estaba empezando a sentir el efecto de su proximidad. No supo qué responder. Le costaba concentrarse, embriagada por el perfume de su colonia y la poderosa virilidad que emanaba de él.

Notó que tenía la boca seca y se pasó la lengua por el labio superior, observando la forma en que él miraba cada movimiento de su boca.

–A veces –consiguió responder ella.

–Tal vez esta otra sea más de tu agrado –dijo él, señalando la foto de un paisaje captado bajo un cielo borrascoso.

–Demasiado salvaje –replicó ella sonriendo.

–¿Quieres decir que prefieres algo más... domesticado?

Kayla advirtió cierta intención sensual en sus palabras.

¿O eran solo imaginaciones suyas?, se preguntó ella, mientras él le pedía su opinión sobre los aspectos técnicos de la fotografía, como la profundidad de campo o la velocidad de exposición.

Kayla se quedó impresionada de sus conocimientos.

–He leído algunas cosas sobre fotografía –dijo él con modestia–. Pero no puedo compararme contigo. Tú tienes un talento innato... ¿Qué me dices de esta otra?

–Algo retocada, se nota demasiado el uso de Photoshop –respondió ella, halagada por su comentario anterior.

Leonidas se echó a reír.

Por un momento, Kayla se sintió como aquel día que él la llevó en su barco a la isla y ella le aconsejó que criara caballos de carreras en aquel estrecho pedazo de tierra. Recordó sus juegos amorosos...

Pero ahora todo era diferente. Esa noche flotaba en el ambiente una química muy excitante, pero peligrosa. Y no estaba con Leon, el hombre humilde y desenfadado que apenas tenía donde caerse muerto, sino con Leonidas Vassalio, el multimillonario del corazón de piedra, el magnate todopoderoso, el hombre que le había roto el corazón y había sido capaz de utilizar a sus amigos para conseguir lo que deseaba.

–Mi abuela solía decir que la cámara nunca miente. Pero estaba equivocada –dijo ella con un gesto de tristeza–. Tal vez fuera verdad en su época, pero, en los tiempos actuales, se pone el énfasis en tratar de mejorar la imagen, embelleciéndola artificialmente, poniendo o quitando cosas. No es fácil distinguir entre lo que es real y lo que no. Hay tantas cosas que no son lo que parecen...

–¿Y eso tiene mucha importancia para ti?

–Sí. Me gusta que la cámara capte las cosas tal como son realmente. Los hombres y las mujeres. Los lugares y las cosas. Me gusta retratar todo con sus imperfecciones, «con sus verrugas», como se suele decir. No me gusta tener una visión falsa de la vida.

Él inclinó la cabeza. Su movimiento fue tan suave que ella no supo si se lo había imaginado o no. Sus ojos negros parecían dos pozos profundos llenos de una inescrutable emoción.

—Volvamos a casa —dijo él.

Apenas hablaron durante el viaje de regreso.

Había habido una presencia esporádica de la prensa frente a la entrada principal de la casa en los últimos días, por lo que Leonidas prefirió no correr ningún riesgo cuando llegaron.

—Vamos a entrar por la puerta este —dijo a Kayla, tomando una calle casi vacía que se extendía a lo largo del perímetro de la propiedad.

Entraron por una puerta que daba acceso a una especie de casa de invitados que colindaba con la mansión.

—¿Por qué no se utiliza esta parte de la casa? —preguntó Kayla, mientras pasaban por una serie de habitaciones cuyos muebles estaban cubiertos con fundas.

Leonidas tuvo que abrir un par de puertas para acceder a la parte principal de la casa.

Ella se sintió mirando aquello como un niño que se hubiera escapado de su cuarto por la noche para subir a fisgar en los rincones del desván.

—La había preparado para mi padre, pero nunca llegó a habitarla —respondió él.

—¿Por qué no? —preguntó Kayla, mientras él cerraba la puerta detrás de ellos.

–Creo que ya te lo dije. Nunca conseguimos llevarnos bien. Cuando él se jubiló, reformé esta parte de la casa con la esperanza de que hubiera al menos un vínculo entre nosotros y pudiera mejorar algo nuestra relación –dijo él mientras cruzaban un estrecho pasillo en penumbra.

Estaban tan cerca el uno del otro que, si se paraba un instante, él chocaría con ella, pensó Kayla ardiendo de deseo de sentir el contacto de su cuerpo o al menos su calor a través de la blusa y de su ajustada falda de tubo.

–¿Y lo conseguiste?

–No. Había demasiadas cosas que nos separaban. Él no quería nada que fuera mío.

–¿Por qué no? ¿No estaba orgulloso de ti? –preguntó ella, mientras accedían al hall de la casa.

–¡Oh, sí! Creo que él estaba orgulloso de haber hecho de mí el tipo de hombre que siempre había deseado –replicó él secamente.

Kayla lo miró de soslayo y creyó advertir un tono de cinismo en la rigidez de sus labios.

–¿Qué tipo de hombre era ese?

–El tipo de hombre que piensa que los sentimientos y los ideales son para los tontos y que el sentido común y la visión práctica de las cosas son los dos únicos compañeros fiables en la vida.

–¿Crees tú eso de verdad? –exclamó ella, mientras se detenía al pie de la escalera.

–¿Qué importa lo que yo crea?

A ella, sí le importaba. Tal vez, demasiado. Tuvo que hincar las uñas en las palmas de las manos para no decirle lo que estaba pensando.

Era un hombre duro y sin alma. Así era como debía de haber ascendido a lo más alto de la clase ejecutiva con solo treinta y un años. Sin embargo, adivinaba que, bajo aquella apariencia fría y despiadada, había también un lado altruista y generoso.

–Gracias por llevarme a la exposición –dijo Kayla con una voz tan apagada que ni ella misma reconoció–. Subiré a acostarme. Buenas noches.

Se estaría engañando a sí misma si había pensado que él iba a dejarla irse así.

Pero se dio cuenta demasiado tarde, cuando sintió su mano agarrándole de la muñeca.

–Puede que no te guste el tipo de hombre que soy o lo que represento, pero te excita, ¿verdad, Kayla?

¡Cuánta razón tenía!

–No, por favor... –susurró ella con un tono de voz desesperado, propio del que sabe que su causa está perdida.

–¿Por qué? ¿Tienes miedo de reconocer lo mucho que me deseas?

–No. No te deseo.

–¿No? –exclamó él con una sonrisa irónica.

Kayla sentía cada célula de su cuerpo clamando por aquel cuerpo viril y duro como el acero. Podía sentir la tensión de sus pechos bajo la blusa y el calor húmedo de su deseo entre las piernas.

–Tú me deseas tanto como yo a ti y esta situación nos está volviendo locos a los dos –dijo él, alzándole la barbilla con el dedo índice–. Confiésalo. Dime que me deseas.

Kayla tuvo que rendirse al ver su boca tan cerca de la suya. Estaba deseando que la besara.

–¡Sí! ¡Te deseo! ¡Te deseo! ¡Te deseo...!

Leonidas acalló su reiterada confesión, besándola con pasión mientras ella le pasaba los brazos por el cuello.

Él la agarró por la cintura y la apretó contra su cuerpo.

Kayla se retorció de placer, buscando desesperadamente un contacto más íntimo, mientras sus bocas se fundían devorados por un frenético deseo.

Él, en pleno delirio, le quitó la blusa, desgarrándole los botones y dejándola luego caer al suelo. Cuando ella deslizó las manos por debajo de su chaqueta y se la sacó por los hombros, Leonidas la levantó en vilo y subió con ella en brazos las escaleras con la misma facilidad que si llevara una muñeca de trapo.

Kayla sintió que estaba siendo transportada a otro mundo y que iba a conocer de verdad el significado auténtico de ser amada.

Aunque solo fuera en el sentido físico...

Trató de alejar esa duda de su mente. En ese momento, lo único que deseaba era sentirlo dentro, sin importarle cómo, ni dónde.

Él la bajó al llegar a la parte de arriba de la escalera y la apretó contra la pared del rellano, volviendo a besarla. Preso de un loco frenesí, le bajó la cremallera de atrás de la falda y luego se apartó un poco para mirarla. Estaba de pie, sin nada más que el sujetador, las bragas de encaje blanco y las sandalias negras de tacón alto.

Soltó un gemido de satisfacción y la estrechó de nuevo entre sus brazos. Su lengua parecía de fuego cuando se deslizó por el suave valle de sus pechos.

Ella le agarró por los hombros y arqueó la espalda al sentir sus labios tratando de penetrar bajo una de las copas del sujetador. La fina textura de la tela de su camisa combinada con la suave aspereza de sus pantalones constituían un ingrediente más para avivar su deseo.

Leonidas la agarró entonces por las nalgas y volvió a subirla como si no pesara nada, mientras ella envolvía las piernas alrededor de sus caderas y enredaba los dedos salvajemente en su pelo negro y espeso.

Estaba a punto de ver satisfechas sus fantasías eróticas, se dijo Kayla cuando entraron en la habitación y él la dejó caer sobre la cama con una mirada sensual.

Ya habían sido amantes en la primavera, pero no de esa forma, pensó ella mientras él le quitaba la ropa interior con veloz y sorprendente destreza.

Se retorció desnuda bajo su cuerpo, deseando sentir también su piel desnuda. Deseando que sus manos nunca dejaran de acariciarla.

Cuando él se apartó ligeramente para quitarse la ropa, ella se quedó mirándolo extasiada con su pelo de seda dorada desplegado sobre la almohada, las piernas semiabiertas y los brazos por detrás de la cabeza en una actitud de abandono y entrega.

–Una vez, te dije que eras un ángel –susurró él, mirándola como un dios griego en su gloriosa y espléndida desnudez–. Estaba equivocado. Eres una diablesa.

–Y tú... –musitó ella, con el cuerpo palpitante mientras él se ponía un preservativo–, la reencarnación del demonio.

–Sí –replicó él con la respiración entrecortada, colocándose sobre ella y frotando su cuerpo, duro y tenso de deseo, contra el suyo.

El deseo de ambos era tan grande que no hubo tiempo para juegos preliminares. Él se posicionó sobre ella y Kayla lo recibió con las piernas abiertas como dos alas de seda bajo el sol.

Creyó morir de placer al sentir su penetración dura y profunda. Elevó las caderas sin poder evitar que un pequeño grito saliera de sus labios.

Sus empujes fueron haciéndose cada vez más veloces y apremiantes, hasta sentirlo todo dentro de ella, llenándola de un placer indescriptible.

Nunca había sentido, ni siquiera imaginado, nada igual. Era como si hubiera perdido de repente toda noción del mundo. Nada tenía importancia para ella en ese momento, salvo la unión de sus dos cuerpos.

Estaba viajando hacia un lugar remoto donde solo ellos dos existían. Un mundo arrobador de sentimientos y emociones que les conducía hacia una montaña de placer frenético, instándolos a alcanzar la cima.

Y, de repente, cuando estaba a punto de coronarla, sintió un estallido de placer invadiendo todo su cuerpo que le hizo soltar un grito agudo y estremecedor. Estaba descendiendo en caída libre e interminable.

Se aferró desesperadamente al hombre que deseaba tener siempre a su lado, como si quisiera formar parte de él, como si le perteneciera o fuera una extensión de su propio cuerpo, mientras él caía con ella a través de aquel universo misterioso de sensaciones.

Cuando regresó a la Tierra, se vio sumida en un mar de sollozos incontrolados. Todos sus sentimientos reprimidos habían sido liberados por los devastadores espasmos del orgasmo.

–¿Estás bien? –le preguntó Leonidas al cabo de unos segundos.

–Sí, muy bien –replicó ella, acurrucada entre su brazo y el cálido terciopelo de su pecho humedecido por sus lágrimas.

Se echó luego a un lado, incapaz de decirle por qué había llorado.

No quería que lo supiera, porque era algo que ni siquiera ella misma se atrevía a reconocer.

Leonidas despertó poco antes del amanecer.

Kayla seguía dormida de espaldas a él.

Se bajó con mucho cuidado de la cama para no despertarla y se fue a dar una ducha.

Cuando volvió, vestido con una bata oscura, vio que ella seguía durmiendo, pero había cambiado de postura. Ahora estaba boca arriba. Tenía el pelo sensualmente revuelto como testimonio de su noche de amor.

Incapaz de contenerse, se inclinó hacia ella y la besó en la frente. Ella se movió ligeramente y frunció el ceño como si algo hubiera perturbado sus sueños.

–Leon...

Él se quedó perplejo sin saber si había oído bien su leve susurro. Pero, si era lo que creía haber escuchado, eso significaba que no estaba dirigido al hombre con el que ella había hecho el amor la noche anterior. No. No iba dirigido a Leonidas Vassalio, el empresario multimillonario. Ella no confiaba en él y se despreciaba a sí misma por desearlo. ¿Por qué si no había derramado aquellas lágrimas de amargura y arrepentimiento después de su desenfrenada noche de pasión?

Sin duda, todo era culpa suya. Había pensado desde el principio que podía tener una aventura ocasional con una chica como ella y que podría tenerla engañada sin que a ella le importase. Se había equivocado creyendo que, llevándola a su casa, podría doblegarla y hacer que las cosas volvieran a ser como en Grecia.

Se alejó de la cama, recordando aquellos versos de Benedetti: «Si amas a alguien, déjalo libre. Si vuelve a ti, es porque siempre fue tuyo. Si no vuelve, es porque nunca lo fue».

Pero lo que sentía por esa mujer tan cautivadora no era amor, se dijo él, luchando contra cualquier sentimiento. Ella se merecía algo mejor.

Tal vez, como decía el poeta, lo mejor que podía hacer era dejarla libre.

Una hora después, Leonidas estaba sentado en un taburete, ojeando el periódico, cuando Kayla entró en la cocina.

Él llevaba un traje gris perla, una camisa blanca y una corbata plateada.

El cielo estaba nublado aunque los pronósticos habían anunciado que sería un espléndido día de verano.

–Buenos días –dijo él, sin levantar apenas la vista del *Financial Times*.

Sin embargo, su mirada fugaz fue suficiente para rememorar en ella la pasión vivida la noche anterior.

Al cabo de unos instantes, Leonidas dejó el periódico y se volvió hacia ella.

–Kayla, tenemos que hablar –dijo él sin más preámbulos.

–¿Sobre qué? –preguntó ella, algo asustada, intuyendo que el tono grave de su voz no podía presagiar nada bueno.

–He sido un estúpido. Tenías razón. He estado tratando de retenerte por orgullo, para satisfacer mi ego, si lo prefieres. Nunca me ha gustado que nadie ponga en tela de juicio mi moralidad. Y menos aún, una chica dulce e ingenua que conocí en Grecia y a la que traté injustamente. He sido muy egoísta, pero he reflexionado y no puedo permitir que sigas alimentando mi estúpido ego por más tiempo. No debes preocuparte por el contrato de tus amigos. Está asegurado. Así que eres libre de marcharte y dejarme cuando quieras... si eso es lo que deseas.

Al oír esas palabras, Kayla sintió un dolor agudo en el pecho, como si un cuchillo le hubiera arrancado la fuerza vital de su ser. Nunca se había sentido tan decepcionada y rechazada por unas palabras dichas de una forma tan amable y considerada. Él ya había conseguido lo que deseaba, pensó Kayla desconsolada. Ella se había rendido, doblegándose a su deseo.

Él era como todos los demás. Estaba hecho con el mismo molde. Era el tipo de hombre con el que había jurado no volver a relacionarse nunca más.

Solo que él era aún peor. No tenía ni siquiera sentimientos. Era incapaz de amar, como él mismo había dado a entender la noche anterior. El amor era un signo de debilidad, algo para entretener a los tontos, y Leonidas Vassalio era cualquier cosa menos débil, y, desde luego, no era ningún tonto.

Kayla sonrió, tratando de poner buena cara y disimular la zozobra que sentía por dentro.

–Creo que lo mejor será que suba a recoger mis cosas y hacer el equipaje.

–Tengo que volar a Grecia a resolver un asunto en nuestra agencia de Atenas –replicó él, mirando al reloj–. Si estás dispuesta a irte hoy, no soy quién para impedírtelo, pero no podré llevarte en el coche. Lo que sí puedo hacer es poner un vehículo a tu disposición.

–No será necesario –dijo ella, deseando marcharse de allí antes de que las lágrimas que ardían dentro de sus ojos comenzaran a rodar por sus mejillas.

Él asintió con la cabeza como si lo comprendiese, mientras ella salía de la cocina con su orgullo intacto y la certeza de que él nunca sabría la verdad.

Una verdad que no era otra sino que estaba enamorada locamente de Leonidas Vassalio.

Capítulo 11

LEONIDAS entró en la casa solitaria y revisó cada espacio de las habitaciones. Le había prometido a la hija de Philomena que lo haría por ella. Pensaba llevarse cualquier cosa que pudiera tener un significado especial para él.

Entró en la cocina y contempló afligido la lámpara de aceite, algunas ramas secas y el montón de leños apilados junto al horno. Aspiró con nostalgia los aromas a romero, salvia y madera de pino que habían quedados atrapados allí. Las ventanas y los postigos estaban cerrados.

No había nada, salvo el recuerdo de la presencia de Philomena, su calidez y su voz, a menudo regañándolo. Casi siempre con razón. Creía oírla aún, cuando él acudía a esa casa para refugiarse de la crueldad de su padre.

«Sé fiel a ti mismo, Leon», solía decirle ella.

Pero él no había seguido su consejo. No había sido fiel a sus esperanzas y aspiraciones. Ni a sus sentimientos.

Desde que su madre murió al nacer él y su padre le culpó de su muerte, Leon se había revestido de un escudo protector que nadie, ni siquiera él mismo, podía agrietar.

Solo en una ocasión...

Trató de alejar esos pensamientos de su mente.

Con un gesto de nostalgia y tristeza, echó un último vistazo alrededor y salió de la casa, cerrando la puerta por última vez.

–¡Lorna! Iba a llamarte ahora precisamente –dijo Kayla muy contenta–. Los obreros han hecho un trabajo excelente. La villa ha quedado como nueva.

Kayla estaba de pie, mirando las vigas de la galería. No se apreciaba en toda la casa el menor rastro de los daños que había sufrido por la tormenta.

Intentó no pensar en Leonidas. O en Leon. En cómo la había rescatado aquella noche, arriesgando su propia vida sacándola de allí y llevándola luego a su casa en la camioneta.

El día anterior, al subir al ferry, se había prometido olvidar todo lo que tuviera que ver con él.

Josh no había querido dejar solo el negocio, y como sus suegros estaban haciendo un crucero para celebrar su aniversario, Lorna había decidido ir ella a Grecia a supervisar las reformas de la casa. Sin embargo, el médico le había dicho que no estaba en condiciones de viajar por el estado avanzado de su gestación, por lo que Kayla se había ofrecido a ir en su lugar.

Lo que no había previsto eran los recuerdos tan dolorosos que esa visita iba a despertar en ella.

Todo lo que quería hacer ahora era cerrar con llave la villa, bajar a ver a Philomena y tomar luego el último ferry que salía ese día de la isla.

–¿Hay alguna novedad sobre el contrato? –preguntó Kayla a su amiga.

El negocio con Havens Exclusive parecía cerrado. Sin embargo, la compañía estaba dando largas al asunto y el contrato aún no se había recibido. Josh y Lorna estaban en vilo, esperando la llegada de esa documentación. Una documentación que Kayla estaba convencida de que nunca llegaría.

–Eso es por lo que te estoy llamando –dijo Lorna con un tono de preocupación–. Llamé ayer a Havens y me dijeron que creían haberla mandado hacía dos semanas. Sin embargo, hoy nos han dicho que tal vez no hubiera salido. Traté de hablar con Leonidas para ver si él sabía algo al respecto, pero su secretaria me dijo que estaba en Grecia esta semana. Sé que ya no estáis saliendo juntos, pero, dado que estás allí también, me estaba preguntando si hay algo que puedas hacer para averiguar lo que puede estar pasando.

Kayla notó a Lorna tan angustiada que, a pesar de su propio estado de ansiedad, accedió a ayudarla.

Ella sabía que él hacía viajes entre Londres y Atenas con cierta regularidad, así que, unos minutos después y con el corazón en un puño, se puso en contacto con la oficina del Grupo Vassalio en Atenas.

–Lo siento, pero el señor Vassalio no está aquí esta semana –le dijo una voz femenina en un inglés muy correcto–. Si es algo importante, puede llamarlo a su teléfono móvil.

–Gracias –replicó Kayla, desolada.

Le pareció demasiado personal llamarle a su móvil privado. Sin embargo, se lo pensó mejor y decidió hacerlo por Lorna.

Pero su llamada se desvió al buzón de voz.

–*Leonidas Vassalio no se encuentra disponible en este momento. Si desea dejarle un mensaje, por favor...*

Al oír los tonos, invitándola a dejar el mensaje, se sintió tan nerviosa que pensó que no podría decir dos palabras seguidas sin que le temblara la voz. Y entonces él lo sabría. Sabría su secreto.

Decidió que sería mejor intentarlo después, cuando estuviese más calmada.

Entre tanto, haría lo que había pensado antes de recibir la llamada de Lorna: ir a hacer una visita a Philomena.

Cuando llegó a la casa, vio que todas las ventanas estaban cerradas, cosa que no le sorprendió, dada la fuerza del sol aún en esos últimos días de verano. Lo que sí le extrañó fue ver las flores descuidadas y casi marchitas. Se percibía una sensación de vacío en el lugar.

También le extrañó ver cerrada la puerta del jardín en donde ella había estado tomando el sol aquellos días de mayo. Tampoco estaba encendido el horno del pan, ni había ropa colgada en las cuerdas.

Escuchó entonces la voz de un lugareño que iba tirando de un carro por el sendero vecino. El hombre inclinó respetuosamente la cabeza al pasar por la casa e hizo un gesto muy expresivo con las manos que, desgraciadamente, confirmó sus sospechas.

Se metió corriendo en el coche, tratando de luchar contra la emoción que apenas podía contener. Aquel lugar despertaba en ella recuerdos muy felices con Leon.

Cuando se sentó al volante, vio su teléfono móvil,

asomando del bolso que había dejado en el asiento del acompañante, y recordó que debía volver a intentar ponerse en contacto con él.

¿Sabría él lo de Philomena? Probablemente, sí. Y lo habría sentido mucho, sin duda.

Pensó que no sería muy adecuado molestarle, si estaba tan afligido por su muerte.

Lo que le extrañaba era que la secretaria de la agencia de Atenas le hubiera dicho que él no había ido por allí cuando, sin embargo, la oficina de Londres le había asegurado que...

Creyó entonces encontrar la explicación. Leon se habría enterado de la muerte de Philomena y habría ido derecho a la isla para guardar un último recuerdo de su familia. Porque ella era la única persona que él consideraba de verdad «su familia».

A esas horas, no estaría en Atenas, sino en su granja. ¿En qué otro sitio podría estar?

Rogó al cielo que estuviera allí y que quisiera hablar con ella.

Montó en el coche y ascendió por la sinuosa carretera que conducía a la granja.

Todo estaba igual que antes: las paredes desconchadas, las persianas descascarilladas y el tejado de terracota como integrado en la ladera de la colina.

La camioneta estaba aún allí, abandonada y cubierta de polvo.

Llamó a la puerta, pero nadie respondió.

Tras llamar un par de veces más, intentó abrir la puerta, pero vio que estaba cerrada.

Echó un vistazo a través de las persianas de una de las ventanas. Había unos papeles en la mesa de la cocina y unos planos en el caballete. Estaba todo casi igual que aquel día en que ella descubrió quién era él realmente.

Sin duda, se había refugiado en su trabajo para afrontar el dolor por la pérdida de Philomena.

El crujido de una rama seca a su espalda, le hizo volver la cabeza. Su corazón pareció detenerse para luego acelerarse cuando vio a Leonidas acercándose con paso resuelto por el jardín.

–¿Qué estás haciendo aquí? –preguntó él en un tono de voz tan bajo que ella no pudo decir si era un saludo de bienvenida o un reproche.

–He venido a inspeccionar las reformas de la villa por encargo de Lorna.

Leon llevaba una camisa blanca de manga larga metida por dentro de unos vaqueros negros.

Iba muy bien peinado y con el pelo ligeramente más largo que la última vez que lo había visto. Parecía el viejo Leon, con la camisa medio abierta y la barba de uno o dos días, pero tenía ahora el mismo aire de poder que Leonidas, el magnate multimillonario. Estaba más delgado y algo demacrado. Seguramente, la muerte de Philomena debía de haberlo afectado mucho.

–Me acabo de enterar de... lo de Philomena hace unos minutos. Lo siento mucho –dijo ella sin poder contener su emoción–. Quería hablar contigo, pero no pensé que estuvieras aquí.

Él sacó las llaves de la casa de un bolsillo del pantalón y la miró de soslayo.

–¿Has venido aquí por eso? –dijo él mientras abría la puerta.

–Sí.

–¿Y quién te dijo que estaba aquí? –preguntó él, echándose a un lado para que ella pasara.

–Nadie. Lo deduje por mí misma.

–¿De veras? ¿Y qué te hizo pensar eso?

–Estuve llamándote...

–¿Ah, sí? –exclamó él, entrando con ella en el salón y haciendo un gesto para que se sentara–. ¿Y de qué querías hablarme?

–De Lorna. Está muy preocupada –replicó Kayla, dejándose caer en el sofá–. Aunque no sé... Tal vez este no sea el momento adecuado para hablar de ello...

–No te preocupes. La vida sigue y el espectáculo debe continuar –dijo él con cara de resignación–. ¿Quieres un café?

–Preferiría algo frío –respondió Kayla, pensando que nada le parecía tan frío y distante en ese momento como la expresión de Leonidas.

Él regresó de la cocina un par de minutos después con dos vasos de granizado de limón.

–Así que Lorna está preocupada... ¿Y por qué?

–No han recibido aún el contrato firmado que se suponía que Havens iba a enviarles.

–¿Y?

–Me preocupaba que... pudieras haber cambiado de opinión sobre el acuerdo.

–Veo que sigues teniendo una mala opinión de mí. Estás llena de recelos y sospechas por lo que tu padre y tu prometido te hicieron, y crees que cualquier hombre que lleve un maletín de ejecutivo y tenga una secretaria es necesariamente un canalla sin escrúpulos.

–¡Eso no es verdad!

–¿Ah, no? Todos estamos hechos con el mismo molde. ¿No fue eso lo que dijiste?

Leonidas estaba con las manos en las caderas, de pie frente a ella, en una postura tan dominante que ella no pudo evitar parpadear un par de veces.

–Sí. Y creo que es verdad. Me mentiste en todo. Incluso utilizaste a mis amigos para chantajearme y que me fuera a vivir contigo hasta...

–¿Hasta qué?

–Hasta que consiguieses lo que deseabas.

–¿Y qué era eso?

–Lo sabes muy bien.

–En absoluto. Tendrás que decírmelo más claro.

–Hasta que consiguieras que me acostara contigo –dijo ella con un intenso rubor en las mejillas–. ¿No me dirás que no era eso lo que pretendías para salvar tu orgullo y tu ego? No era suficiente para ti haberme engañado, necesitabas también robarme la dignidad y el respeto por mí misma.

–¿Es eso lo que hice? –exclamó él, mirándola fijamente–. Lo siento. Nunca pensé que hacer el amor conmigo supusiese un sacrificio tan grande para ti.

Kayla estaba como paralizada con el granizado de limón en la mano. Tenía los dedos casi helados, pero no parecía sentirlos. No podía sentir nada excepto su amor por él y la cruda agonía de volver a verlo sabiendo que él no correspondía a sus sentimientos, que era incapaz de amar, como él mismo había dicho aquella noche que la había llevado en brazos a la cama.

–No quería ser una más en tu larga lista de conquistas.

–Yo tampoco. Por eso te dejé ir.

–Eso fue muy generoso por tu parte –dijo ella, rogando al cielo para que él no supiese nunca lo mucho que eso la había dolido.

–Fue una decisión acertada..., dadas las circunstancias. Si te hubieras quedado, no creo que hubiera podido controlarme. Puedes decirle a Lorna que no tiene de qué preocuparse –dijo él, cambiando de conversación–. Tendrán su contrato firmado antes de cuarenta y ocho horas.

Él parecía haber cumplido su parte del trato... a costa de ella, se dijo Kayla dolorida.

Él vio su gesto y la miró con los ojos entornados como si quisiera ahondar en lo más profundo de su ser... y de su alma.

Luego se acercó a ella.

Kayla contuvo la respiración al verlo acercarse. Él había poseído su cuerpo y ella llevaría la marca de esa consumación el resto de su vida. Pero no iba a dejar que supiera que le había dejado también una huella indeleble en el corazón.

–Será mejor que me vaya –dijo ella, levantándose bruscamente del sofá y derramando parte del granizado de limón por el suelo y por la ropa–. ¡Oh, no...!

–Te traeré una toalla –dijo él, agarrándole el vaso.

–Puedo ir yo misma –replicó ella con la voz quebrada.

–¡Kayla!

Ella se fue a la cocina sin poder decir nada. El dolor de amarlo era como un cuchillo que le atravesaba el corazón.

Podría romperse tan fácilmente... Bastaría dejar

que él supiera lo mucho que lo amaba. Pero eso sería tanto como invitarle a que siguiera humillándola. La usaría de nuevo solo por placer.

Y lo peor de todo era que ella se lo permitiría, pensó Kayla avergonzada.

Tenía que alejarse de él cuanto antes.

Había sido una estupidez ir allí, se dijo ella, mientras se limpiaba la mancha del vestido con el rollo del papel de cocina que había junto al fregadero. Debería haberlo telefoneado o enviado un correo electrónico. ¿Esperaba acaso que yendo allí podría cambiar en algo la relación que había entre ellos? ¿Era tan ingenua como para no haber aprendido aún la lección después de las experiencias tan amargas que le había tocado vivir?

A pesar de sus virtudes, él era un ejecutivo cruel y sin corazón que creía que el amor y los sentimientos eran cosas solo para tontos.

Hizo una bola con el papel que había utilizado y lo tiró al cubo de la basura.

Echó un vistazo a la cocina. Estaba igual que la otra vez. El ordenador portátil, el caballete y...

¡Los planos!

Miró el caballete con gesto de sorpresa. Lo que había allí no era un plano, sino un lienzo...

¡Un retrato de ella de cuerpo entero!

Debía de haberse inspirado en el día aquel que estuvieron paseando juntos por la playa, pues se la veía con un biquini y un top blanco. Tenía el pelo suelto, ondeando al viento, y estaba mirando al mar. Sus pestañas doradas tenían una rara sensualidad de la que ella nunca se había percatado. A pesar de la ropa tan ligera que llevaba, su cuerpo parecía cubierto por los pliegues de una gasa virginal. Era un cuadro hecho a base de pinceladas enérgicas y espontáneas.

Había captado muy bien la idea del movimiento. Y, lo que era mucho más importante, había sabido plasmar su alma. Solo un hombre podía haberla pintado con esa sensualidad, pensó ella. Un hombre que la conociese por dentro y por fuera...

Levantó la mano como si fuera a tocarlo, pero la retiró instintivamente, presa de una gran emoción.

Estaba a punto de romper a llorar cuando Leonidas apareció en la puerta de la cocina.

–Kayla...

Era tal la emoción que la embargaba que no opuso la menor resistencia cuando él la estrechó entre sus brazos.

–¡Oh, mi querida y hermosa niña! No llores.

Leonidas había tenido intención de decir esas palabras en griego, pero cuando vio cómo lo miraba con los ojos llenos de emoción, se dio cuenta de que las había dicho en inglés.

–¿Por qué no me lo dijiste? –exclamó ella en un hilo de voz.

–¿Te refieres al cuadro? –dijo él, secándole las lágrimas con el pulgar–. ¿O a que me haya enamorado de ti?

Ya está. Ya lo había dicho, pensó él. Ahora tendría que acarrear con las consecuencias de haber desnudado su alma y haberle abierto el corazón.

–A ambas cosas –exclamó ella desconcertada, mezclando una pequeña risa histérica con sus lágrimas.

–¿Por qué crees que deseaba tenerte conmigo? –dijo él, con voz temblorosa.

–Para salvar tu orgullo. Eso fue lo que tú mismo me dijiste la última mañana.

–Bueno, algo de eso había también –admitió él con un gesto de autorreproche–. Pero sobre todo porque deseaba que volvieras a confiar en mí. Pensé que sería la única manera de derribar el muro que habías levantado entre nosotros, quería que me perdonaras el no haber sido sincero contigo al principio y que no pensaras de mí que era de ese tipo de hombres que tanto desprecias. Tenía la esperanza de que me vieras como soy realmente. Sin embargo, me di cuenta de que, reteniéndote a mi lado, solo estaba agravando las cosas. Nunca habría faltado a mi palabra sobre ese contrato, pero cuando vi que tú creías que solo estaba tratando de utilizar a tus amigos para chantajearte, supongo que sentí mi orgullo más herido que nunca. Pensé que ya no tenía nada que perder. Necesitaba ganarme tu respeto. Por eso, decidí dejarte libre, a pesar del tormento que ello significaba para mí. Cuando hicimos el amor y luego te echaste a llorar, comprendí que no deseabas estar conmigo aunque me deseases físicamente tanto como yo a ti.

–Eso no es cierto –exclamó Kayla de forma rotunda y categórica, sabiendo que era el momento de confesarle su secreto–. Me eché a llorar porque te amo, porque a tu lado me siento la mujer más feliz del mundo. Y porque sabía que tú no sentías nada por mí y que tarde o temprano acabarías dejándome, como así hiciste...

–No me di cuenta, o no quise reconocerlo, hasta que te fuiste.

–¿Y has estado haciendo esto durante todo este

tiempo? –dijo ella, apartándose unos pasos de él, para contemplar mejor el cuadro–. ¡Es asombroso! ¿Realmente soy así?

–Será mejor que lo creas –dijo él, con una de sus sensuales sonrisas.

–¡Es maravilloso! Eres un genio, un verdadero artista –dijo ella con admiración, y luego añadió al ver su sonrisa–: Lo digo en serio. Con el talento que tienes, no sé cómo no te dedicaste a la pintura.

–Mi padre tenía otros planes para mí. Nunca habría tolerado que un hijo suyo se ganase la vida pintando. Pensaba que eso no era propio de un hombre. Discutimos mucho sobre el asunto, pero nunca llegamos a un entendimiento. Estábamos discutiendo precisamente sobre eso en el coche la noche de la tragedia. Si yo no me hubiera ofuscado tanto, llevándole la contraria, él no habría perdido los nervios, volviéndose hacia mí para gritarme, y no habría tenido lugar el accidente que le costó la vida a mi madre. Después de aquello, perdí mi afición por la pintura, que había sido el origen de todo –dijo él, exteriorizando el dolor que había arrastrado durante años–. Mi madre había muerto. ¡Por mi culpa!

–¡Tú no la mataste! –exclamó Kayla, comprendiendo ahora los demonios que habían estado persiguiéndole toda la vida, haciendo de él un hombre duro y reservado–. ¿Qué edad tenías entonces? ¿Catorce? ¿Quince años? ¡Eras casi un niño! Tu padre era el que conducía el coche. Debió pararse en el arcén hasta que recobrara la calma.

–Mi padre no veía así las cosas –dijo él, hallando consuelo por primera vez en los brazos de Kayla.

El arte estaba hecho de sentimientos y los sentimientos eran un signo de debilidad. Eso era lo que su
padre le había inculcado. Sin embargo, lo que sentía
ahora por la hermosa mujer que trataba de consolarle,
parecían darle una fortaleza que jamás había sentido.

—Esta casa es tuya, ¿verdad? —preguntó Kayla, con
la cabeza apoyada en su hombro—. Es aquí donde vi-
viste cuando eras niño...

—Sí. No había vuelto aquí desde que mi padre murió el año pasado. En quince años, solo he pisado esta
casa cuando venía a ver a Philomena.

Su voz se quebró al mencionar el nombre de aquella mujer que había llenado el vacío de su vida cuando
perdió a su madre.

Kayla lo apretó entre sus brazos, comprendiendo
su dolor.

—Te amo —susurró ella, sintiendo que eso era lo
único sensato que podía decirle en ese momento.

—To también te amo —replicó él con una sonrisa
que a ella le llegó a lo más profundo del corazón—.
Te amo más que a nada en el mundo, *psihi mou*.
Puede que no hayamos tenido un buen comienzo,
pero creo que todo va a ir mucho mejor entre nosotros a partir de ahora. Tú me has hecho ver que hay
cosas mucho más importantes en la vida que todo lo
que yo he estado persiguiendo. Es agradable tener dinero y una buena posición social, pero todo eso no es
nada si no se tiene el amor de una persona con la que
compartir tu vida y una familia. ¿Crees que sería demasiado castigo para ti casarte con un ejecutivo de esos
que llevan maletín y tiene una secretaria en su despacho, que, por cierto, tiene cincuenta y tres años y

vale su peso en oro? ¿Aceptarías casarte con un hombre de treinta y tres años que es casualmente propietario de una isla y que se dedica a levantar monstruos de hormigón para ganarse la vida? No literalmente, claro. Deja lo del pico y la pala para los subalternos.

Naturalmente, solo estaba bromeando sobre los empleados de su empresa. Ella lo sabía por el tono de su voz.

Lo que no podía creer era que le estuviera pidiendo realmente que fuera su esposa.

—Aunque si no deseas... —añadió él, con una expresión de temor e inseguridad que ella nunca había visto en él.

Kayla lo veía por primera vez tan vulnerable que levantó la mano para que no siguiera hablando y acercó su cabeza a la suya.

—Leonidas Vassalio, puede estar seguro de que me casaré contigo —dijo ella muy sonriente, besándolo apasionadamente—. Leon...

Él se emocionó al oírle llamarle como antes. Alzó la cabeza y sus ojos negros, hasta hacía poco sombríos, se inundaron con un brillo especial que reflejaba toda la alegría que sentía por dentro.

—Y, ahora —dijo él, tomándola en brazos—, creo que tenemos arriba un asunto pendiente.

Bastantes horas después, Leonidas bajó a la cocina a preparar un poco de café, pero volvió corriendo al dormitorio, ante la sorpresa de Kayla.

—Tu móvil está sonando —dijo él, dándole el bolso donde ella había dejado el teléfono.

Kayla se alarmó al ver en la pantalla media docena de llamadas perdidas, todas ellas de Josh.

–Lorna está en el hospital –dijo ella a Leonidas cuando terminó de hablar con el marido de su amiga–. Han tenido que practicarle una cesárea con urgencia, pero todo ha salido bien –añadió ella, riendo y llorando de alegría–. Tanto la madre como la niña están perfectamente.

–¡Gracias a Dios! –exclamó él, llevándose la mano al pecho, casi tan emocionado como Kayla–. Eso significa que tendremos que marcharnos enseguida si queremos verlos. Además, tenemos también un viaje pendiente en mi isla que, por cierto, no sé si te lo he dicho, está en Las Bahamas. Tendremos que darnos prisa, sobre todo si piensas llenarla de perros, caballos y bebés. En este momento, no estoy en disposición de satisfacer los dos primeros deseos de tu lista, pero creo que sí puedo hacer mucho por el último de ellos, señora Vassalio.

Unas horas después, Kayla se acurrucó entre sus brazos tras haber hecho juntos el amor una vez más.

Él era un buen hombre. Philomena ya se lo había dicho, pero ahora lo sabía con certeza. Como sabía también que no había nada mejor que estar en los brazos de un hombre que la amase, fuese ejecutivo o no.

Bianca.

¡In fraganti y ruborizada!

Octavia Denison siempre había sabido muy bien lo que quería. Hasta que fue sorprendida en una situación comprometida por la exestrella del rock Jago Marsh. Tavy se había sentido muy avergonzada y él, a juzgar por el brillo de su mirada, lo había visto todo... ¡Y le gustaba!

Acostumbrado a conseguir siempre lo que quería, Jago decidió descubrir la identidad de la misteriosa mujer de pelo rojizo que había entrado en su propiedad para intentar seducirla, pero conquistar a Tavy resultó mucho más difícil de lo que él había esperado, así que Jago decidió subir la apuesta...

La seducción nunca miente

Sara Craven

¡YA EN TU PUNTO DE VENTA!

Acepte 2 de nuestras mejores novelas de amor GRATIS

¡Y reciba un regalo sorpresa!

Oferta especial de tiempo limitado

Rellene el cupón y envíelo a
Harlequin Reader Service®
3010 Walden Ave.
P.O. Box 1867
Buffalo, N.Y. 14240-1867

¡Sí! Por favor, envíenme 2 novelas de amor de Harlequin (1 Bianca® y 1 Deseo®) gratis, más el regalo sorpresa. Luego remítanme 4 novelas nuevas todos los meses, las cuales recibiré mucho antes de que aparezcan en librerías, y factúrenme al bajo precio de $3,24 cada una, más $0,25 por envío e impuesto de ventas, si corresponde*. Este es el precio total, y es un ahorro de casi el 20% sobre el precio de portada. !Una oferta excelente! Entiendo que el hecho de aceptar estos libros y el regalo no me obliga en forma alguna a la compra de libros adicionales. Y también puedo devolver cualquier envío y cancelar en cualquier momento. Aún si decido no comprar ningún otro libro de Harlequin, los 2 libros gratis y el regalo sorpresa son míos para siempre.

416 LBN DU7N

Nombre y apellido   (Por favor, letra de molde)

Dirección   Apartamento No.

Ciudad   Estado   Zona postal

Esta oferta se limita a un pedido por hogar y no está disponible para los subscriptores actuales de Deseo® y Bianca®.
*Los términos y precios quedan sujetos a cambios sin aviso previo.
Impuestos de ventas aplican en N.Y.

SPN-03   ©2003 Harlequin Enterprises Limited

¿EL HOMBRE APROPIADO?

NATALIE ANDERSON

Victoria pensaba que el tranquilo y predecible Oliver era el hombre perfecto para casarse, pero cuando conoció a Liam, su amigo rebelde y espectacularmente guapo, empezó a sentir emociones turbadoras, cargadas de una tórrida sensualidad… ¡por el hombre equivocado!

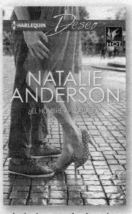

Entonces Oliver se arrodilló ante ella y llegó el momento de decidirse: ¿qué debía dominar en el amor, la cabeza o las hormonas?

Victoria estaba a punto de descubrir la verdad sobre hombres como Liam… y que, en la vida, tomar una u otra decisión podía cambiarlo todo.

¿Te quieres casar conmigo?

¡YA EN TU PUNTO DE VENTA!

Bianca.

Ella tenía poder para cambiarlo todo...

Rafaele Falcone dirigía sus empresas de automoción y su vida privada con la misma despiadada frialdad.

Los sentimientos no influían en sus decisiones, y siempre exigía lo mejor, así que no dudó en pedirle a Samantha Rourke, una brillante ingeniera, que se uniera a su empresa, a pesar de que años atrás él la había abandonado.

Su sexy acento italiano todavía la hacía estremecer, pero Sam sabía que no solo era a causa del intenso deseo de sentir las manos de Rafaele sobre su cuerpo otra vez, sino porque Falcone estaba a punto de descubrir su secreto más profundo, ¡uno que cambiaría su vida por completo!

El poder del destino

Abby Green

¡YA EN TU PUNTO DE VENTA [7]